Einaudi Ragazzi

Storie e rime

428

Collana diretta da Orietta Fatucci

ISBN 978-88-7926-889-9

www.edizioniel.com

IL CORO ARLECCHINO

Roberto Piumini

Il canto di Micaela

Illustrazioni di Alessandro Baronciani

Einaudi Ragazzi

Ad Andrea Basevi,
amico e maestro di cori.

Il canto di Micaela

I viaggi di Mercedes

Mercedes aveva attraversato l'Atlantico cinque volte, la prima volta in nave, le altre in aereo. La prima volta aveva impiegato quasi tre settimane, le altre due quasi dodici ore. Aveva attraversato cinque volte l'equatore senza mai sentire un rumore, uno strappo, nemmeno una piccola scossa, una vibrazione, perché la linea dell'equatore è solo una linea di pensiero, non qualcosa che si vede, si tocca o si taglia con la punta veloce di un aereo, o la prua lenta di una nave.

Mercedes aveva attraversato l'Atlantico cinque volte perché in Perú, e precisamente alla periferia nord di Lima, dove era nata e vissuta, non c'era dav-

vero piú lavoro, non c'era proprio il modo di campare, soprattutto da quando Vicente, suo marito, se n'era andato quasi un anno prima, un lunedí pomeriggio, portandosi via i suoi baffi neri e il suo sorriso stanco, e non si era piú fatto vedere, e nemmeno sentire.

Mercedes, dopo undici mesi di vita faticosa e a volte disperata, aveva deciso di seguire il consiglio di Consuelo, un'amica partita per l'Italia tre anni prima. Consuelo le aveva scritto che in Italia, in quel periodo, non erano tutte rose e fiori, però di lavoro se ne trovava, se si aveva voglia di lavorare, e c'erano parecchi lavori che gli italiani non volevano piú fare, e restavano per gli immigrati, e cosí Mercedes avrebbe potuto mettere un po' di soldi da parte, e dopo qualche anno sarebbe tornata in Perú a prendere Micaela, sua figlia.

Consuelo aveva anche scritto che l'italiano è abbastanza simile allo spagnolo, e Mercedes non avrebbe fatto troppa fatica a capire e farsi capire. Aveva offerto di ospitarla a casa sua, in cambio di pochi soldi al mese, per aiutarla a pagare l'affitto. Aveva poi insistito sul fatto che il cibo, in Italia, è molto buono, perché sapeva che Mercedes era golosa.

Tutto questo era successo quando Mercedes aveva ventitre anni, e la piccola Micaela ne aveva due.

Cosí, dopo averci pensato per tre mesi, undici mesi dopo la scomparsa di Vicente, il marito coi baffi e il sorriso triste, Mercedes aveva fatto le carte per venire in Italia.

Era stata un'impresa molto lunga, complicata e costosa, per una donna sola come lei, ma alla fine era partita. Aveva affidato la bambina a sua sorella Luz e a Paco, il marito di Luz, che lavorava come manovale alla ferrovia di Lima, e avevano tre figli, tutti piú grandi di Micaela.

Mercedes, la prima volta, era venuta in Italia su una nave commerciale che trasportava anche passeggeri, e costava meno della metà del biglietto aereo. Una settimana dopo l'arrivo in Italia aveva trovato lavoro, prima in un'impresa di pulizie, per quattro mesi, poi come badante del signor Stefano Balmonte, un uomo molto vecchio e malato, per sei mesi.

Viveva nella casa del vecchio, dormendo nella sala, su un divano trasformabile. Qualche volta, quando era molto stanca, non apriva nemmeno il divano e dormiva sulla seduta, con le gambe un po' rannicchiate, anche se non era una donna di alta statura. Qualche volta non riusciva a dormire, e allora, per non mettersi a piangere di malinconia pensando a Micaela, alla sorella, a Lima e al Perú, accendeva la televisione, però senza sonoro, per sentire se il signor Stefano la chiamava dalla camera, o si lamentava, e guardava per un'ora le figure muoversi sullo schermo, e muovere le labbra silenziosamente, come dei fantasmi indaffarati e strambi.

Ogni due settimane Mercedes mandava a Luz dei soldi per il cibo e la scuola della piccola, e anche per la famiglia. Quanto ai vestiti per Micaela, bastavano quelli delle due cugine, che ormai erano cresciute.

Ogni giorno, quando aveva tempo, e quasi sempre prima di dormire, o invece di dormire, Mercedes piangeva per la nostalgia, e dava a un piccolo cuscino verde le carezze che non poteva dare a Micaela.

La memoria di Licia

La settimana prima, a scuola, Licia aveva sentito leggere dalla maestra il racconto di Teseo, uccisore del Minotauro, il mostruoso uomo-toro che viveva nel labirinto di Cnosso sull'isola di Creta.

Licia e i compagni sapevano già leggere, naturalmente, ma fin dalla prima classe la loro maestra Alessandra dedicava mezz'ora la settimana a leggere qualche racconto, o un paio di capitoli di un libro.

Licia aveva sentito anche narrare di Arianna, sorella del mostro, che, innamorata di Teseo, l'aveva aiutato a uscire dal labirinto dopo l'impresa, dandogli un piccolo gomitolo di filo.

Da una settimana si divertiva molto, perché sua madre si chiamava Arianna.

«Mamma Arianna, hai perso il filo?» diceva ogni tanto.

Oppure:

«Sai, mamma, non riesco proprio a seguire il filo del tuo discorso...»

Arianna rideva e accettava lo scherzo, anche quando Licia esagerava, perché conosceva sua figlia, e sapeva che la bambina, dopo aver provato tutti i giochi possibili, dopo aver spremuto quel frutto fino alla fine, ne avrebbe trovati degli altri.

Licia era fatta cosí: si appassionava alle cose, a quelle piccole e a quelle grandi, ma senza stancarsi di cercarne di nuove.

– Ricordi, quand'era piccolina? – chiese un giorno Arianna a Fausta, una sua amica pittrice, moglie del pediatra che curava Licia dalla nascita. – Io le davo due cose, e lei giocava con una a lungo, senza badare all'altra, poi lasciava la prima e si dedicava alla seconda: però ogni tanto si voltava e toccava la prima, per assicurarsi che ci fosse ancora, che non fosse sparita...

Fausta rispose, sorridendo: – Licia non dimentica niente, come Santiago.

Santiago era il piccolo colombiano che Fausta e Renato, il marito, avevano adottato da cinque anni. Non era piú colombiano, adesso, ma italiano a tutti gli effetti, e si chiamava Santiago Andreani. Anche lui aveva un'ottima memoria: dopo cinque anni, ricordava ancora il nome di tutte le persone che aveva conosciuto da piccolo, in Colombia, e qualche volta ne faceva il disegno.

Della memoria di Licia, Arianna rifece la prova a metà di un piovoso pomeriggio di settembre.

Erano a lavorare in sala.

Arianna, suonatrice e maestra di violino, leggeva uno spartito seduta nella grande poltrona rossa, muovendo le labbra in un bisbiglio e battendo il tempo col dito sul bordo del foglio.

Licia, seduta al tavolo grande, a tre metri dalla madre, faceva i compiti.

Qualche volta li faceva in camera sua, qualche volta, come quel giorno, portava quaderni e libri in sala, per rimanere insieme alla mamma, anche se sapeva che Arianna, quando studiava uno spartito, voleva assoluto silenzio.

Licia non faceva rumore: le bastava starsene lí a lavorare, con lei.

La bambina mise un punto sulla carta, alzò la testa e guardò la mamma, che in quel momento non leggeva lo spartito, ma osservava il cielo attraverso la finestra.

Non muoveva le labbra, notò Licia: segno che non stava ripassando la musica. Stava pensando.

– Dove va il filo del tuo pensiero, mamma? – chiese la bambina.

Arianna sorrise, la guardò, e rispose a voce bassa:

– A volte si pensa qualcosa di cosí vago che, se qualcuno ti chiede a cosa stai pensando, non lo sai proprio dire. Sono pensieri inconsapevoli, come quelli dei sogni. A volte il filo del mio pensiero è cosí sottile e trasparente che nemmeno io so dove va...

– Vediamo se sai dirmi una cosa, – disse la bambina, seria.

– Che cosa?

– Quando lo farai?

Arianna corrugò la fronte.

– Quando farò cosa? – chiese.

– Il Coro Arlecchino, – rispose quieta la bambina.

Arianna corrugò la fronte ancora di piú.

– Il Coro Arlecchino, – ripeté, come fosse qualcosa di cui si era scordata.

– Non l'hai dimenticato, vero? – disse Licia.

Arianna guardò la figlia, e chiuse gli occhi. Da un po' di tempo lo faceva piú spesso del solito, per piccole e improvvise stanchezze.

Licia non disse niente, perché sapeva che la mamma presto avrebbe riaperto gli occhi, e risposto alla domanda.

Non c'era mai stata una volta, ricordava, in cui la mamma non aveva risposto.

Il pianto di Micaela

Micaela era una bambina molto tranquilla fin da quando era nata, ma per due mesi, dopo che la mamma era partita da Lima, aveva pianto molto. Con la sua voce sottile e insistente, piangeva quando si svegliava al mattino, o prima di addormentarsi, e spesso anche durante il giorno. Si svegliava a volte in piena notte, e piangeva.

Qualche volta, piangendo di notte, svegliava i figli di Luz, che dormivano con lei.

Luz, per non impazzire, di giorno l'affidava per qualche ora ad Ana, la mamma di suo marito, Paco. Ana non era vecchia, ma era quasi sorda, e diceva spesso il rosario a occhi chiusi. La bambina, sentendo quel mormorio lento e continuo, si calmava. Oppure si calmava per la stanchezza, perché anche il pianto è una fatica.

Un'altra cosa che la piccola aveva ricominciato a fare, da quando la mamma era partita, era la pipí nel letto. Quasi ogni notte la faceva, tanto che Luz, alla sera, le rimetteva i pannolini, delle strisce di stoffa vecchia, come quando era piccola.

Poi, piano piano, Micaela aveva smesso di piangere, e forse avrebbe dimenticato sua madre, se la zia non gliel'avesse mostrata ogni giorno in una fotografia. L'aveva giurato alla sorella il giorno della partenza, tenendo in mano il crocifisso.

«Giurami che parlerai di me a Micaela ogni giorno, Lucita».

«Te lo giuro su questo buon Gesú, e per il suo sangue santo».

Cosí Luz prendeva Micaela in braccio, verso sera, e le mostrava la foto, dicendo:

– Ecco la tua mamma, Miguelita. Questa è Mercedes, la tua mamma, ricordi? La tua mamma benedetta, ricordi? È tua mamma, la mia sorella Mercedes, che noi chiamavamo Mercidina, quando era piccola. È andata via, lontano, di là del mare grande, l'Oceano Atlantico, grande quasi come il Pacifico, in un Paese che si chiama Italia, e assomiglia a uno stivale nel mare che dà un calcio a un'isola che si chiama Sicilia. La tua mamma è andata a lavorare per un po' in quel Paese, ma presto tornerà a prenderti.

Anche Mercedes, in Italia, oltre al pianto consueto, guardava ogni giorno una foto di Micaela che sorrideva tendendo verso qualcuno che sulla foto non appariva una bambolina di stoffa dai capelli gialli.

La foto era stata scattata il giorno del primo compleanno della bambina da Paco, il marito di Luz, e adesso era strappata quasi a metà.

Prima, quando era una foto intera, si vedeva Micaela tenuta in braccio dal padre, Vicente, che guardava fisso l'obiettivo e sorrideva tristemente sotto i baffi neri. Erano sulla riva di un fiume dall'acqua scura, in un paese ai piedi delle Ande, dove c'era il Santuario di Nostra Signora della Rosa, e dietro di loro, sul fiume placido, si vedevano due piccole barche, con le punte vicine, che sembravano parlare fra loro.

Due settimane dopo quel compleanno, e quella foto, in un piovoso lunedí pomeriggio, papà Vicente era uscito di casa e non era piú tornato. Non si era fatto piú vedere, né aveva telefonato o scritto, o mandato notizie o saluti.

Mercedes, sperando che tornasse, non aveva denunciato la scomparsa alla polizia, perché se si fa una denuncia poi la polizia si ricorda sempre di qualcuno, anche se ritorna.

La polizia non perdona niente a nessuno.

Quando Mercedes aveva capito che Vicente non sarebbe piú tornato, gli aveva tagliato via la testa dalla fotografia, piano piano, con quattro dita delle mani, come se stesse strappando la vera testa del marito scomparso. Anche una delle due barche sul fiume era scomparsa.

Micaela, nella foto, non sapeva niente di tutta la faccenda, di quel taglio futuro, di quella barca perduta, e sorrideva tendendo a Mercedes la bambola con i capelli gialli, che si chiamava Cocolita.

L’idea

L’idea del Coro Arlecchino, in un certo modo, era stata di Licia. Piú che l’idea, l’immagine.

In una sera d’estate, l’anno prima, erano andati a sentire nell’arena della città un coro internazionale composto da una cinquantina di persone. Oltre a Licia e Arianna, c’erano papà Franco, Fausta e Renato col piccolo Santiago, le gemelle Lara e Silvia con i loro genitori, e Cosimo, altro amico di Licia, con sua mamma Francesca: un piccolo gruppo vivace e rumoroso di grandi e piccoli.

The World Gospel Choir era composto di cantanti europei, asiatici, africani e americani provenienti da parecchi Paesi. Quando erano apparsi sul palcoscenico, vestiti di stoffe dai colori vivaci e contrastanti, Licia aveva esclamato:

«Guardate, un coro Arlecchino!»

La bambina si riferiva ai vestiti dei coristi, ma Arianna, pensando che l'osservazione riguardasse anche il colore delle persone, aveva sorriso, e insieme al sorriso le era venuta un'idea.

Ne aveva parlato qualche giorno dopo a Giuliano, assessore alla Cultura del comune e vecchio amico di scuola.

«Vorrei formare un coro composto da bambini immigrati che vivono in città. Non saranno solo diversi colori di pelle, – aveva spiegato. – Avremo un repertorio di canti di tutto il mondo, a partire dai Paesi d'origine dei bambini: insomma, un piccolo coro internazionale che canta diverse musiche e storie...»

Giuliano non aveva bisogno di essere convinto. Era appassionato di musica, e da sempre sosteneva le iniziative musicali nelle scuole, e promuoveva in città convegni sulla musica e concerti di ogni tipo.

«Il momento sembra buono, – aveva risposto lui, pizzicandosi la punta del naso come faceva spesso quando elaborava un progetto interessante. – Ho lavorato parecchio in amministrazione sull'idea dei cori, scolastici e no, e c'è una certa disponibilità, anche se, per le scuole, le cose sono complicate e lente da organizzare. L'idea del Coro Arlecchino piacerà».

«Anche a quelli?» aveva cominciato a dire Arianna, riferendosi a certi politici che non erano favorevoli agli immigrati, e alle iniziative rivolte a loro.

Giuliano aveva alzato le spalle, e aveva detto:

«Su un coro di bambini, faranno fatica a muovere delle obiezioni serie...»

Sul progetto del Coro Arlecchino (quello era il nome, ormai) si era formato un piccolo gruppo di lavoro, e a casa di Licia si tenevano le riunioni di preparazione. C'erano, oltre Arianna e papà Franco, Giuliano, quando poteva, Renato, il pediatra amico, Marta, una

maestra di scuola elementare, e la signora Marianna Pinziani, cantante lirica in pensione. Appena saputo dell'iniziativa da Vera, nonna di Licia, che era sua amica, l'ex cantante si era proposta ad Arianna come aiutante musicale, naturalmente senza richiedere nessun compenso.

Dopo quattro riunioni molto animate, però, il progetto del Coro Arlecchino si era fermato, misteriosamente.

Licia, che aveva assistito in silenzio a quei raduni, ascoltando i discorsi dei grandi, era rimasta perplessa quando le riunioni si erano interrotte, ma non aveva fatto domande.

Quel giorno, invece, la domanda la fece, e aspettò in silenzio la risposta della madre.

– Il Coro è rimandato, – disse Arianna riaprendo gli occhi, e portando lo sguardo sulla figlia.

– Perché?

Dalle riunioni a cui aveva assistito, Licia aveva capito che c'erano piccoli problemi, piccoli intoppi di organizzazione: ma nessuno era mai cosí grave da fermare il progetto.

– Perché io non potrò occuparmene per un po', – rispose la mamma.

Poi spiegò, mentre Licia ascoltava in silenzio, ferma. Solo i suoi piedi, sotto il tavolo, dondolavano avanti e indietro, come piccole altalene.

Le canzoni di Mercedes

Mercedes, in Italia, ora faceva la badante della signora Ubaldi, una donna di settantanove anni né buona né cattiva, a volte scontrosa, ma nel complesso abbastanza gentile. La mamma di Micaela stava con lei giorno e notte, perché i due figli della signora Ubaldi, un ingegnere e un funzionario di banca, tutti e due sposati e con figli, avevano parecchio da fare, e potevano occuparsi della madre soltanto il sabato e metà della domenica.

Quella era la seconda persona anziana di cui Mercedes si occupava, perché il signor Balmonte, che aveva assistito appena arrivata dal Perú, era morto dopo soli sei mesi. Dato che Mercedes si era mostrata molto affidabile, i parenti del defunto avevano parlato bene di lei ad amici e conoscenti, e cosí le era arrivata presto la proposta dei figli della signora Ubaldi.

Oltre a quel lavoro, Mercedes doveva anche occuparsi delle pratiche per ottenere il permesso di restare in Italia: carte e carte da compilare, e molte file da fare al comune, o al commissariato di via Milazzo. Siccome non poteva abbandonare mai la signora Ubaldi, era costretta a fare le file negli uffici nella sua mezza giornata di libertà, il mercoledí pomeriggio, e non aveva mai tempo per stare in compagnia con le poche amiche che si era fatta, o andare a passeggiare al parco o fuori città.

Il sabato pomeriggio, quando la signora Ubaldi era in compagnia di uno o l'altro dei suoi figli, o dei nipoti, che la venivano a trovare o la portavano a casa loro, Mercedes andava a fare le pulizie al bar Continental, in centro. Era un lavoro piú faticoso di quello di badante, ma Mercedes lo faceva volentieri perché le lasciava la mente libera, e perché c'erano altre persone intorno a lei, con cui parlare o scherzare. Un cameriere del bar era peruviano, e un'altra che faceva le pulizie era colombiana.

Dopo due anni e mezzo dal suo arrivo in Italia, Mercedes avvisò la signora Ubaldi e i suoi figli, con due mesi di anticipo, come d'accordo, che sarebbe tornata in Perú due settimane, per rivedere sua figlia.

Fu trovata una badante che la sostituisse in quel periodo.

Mercedes partí e attraversò l'Atlantico per la seconda volta, in aereo. La signora Ubaldi, che non era particolarmente affettuosa con lei, ma si interessava molto ai racconti di Mercedes sulla piccola Micaela, le aveva pagato un terzo del biglietto.

Nella settimana precedente alla partenza, Mercedes era cosí eccitata ed emozionata che dimenticò persino di piangere.

Il viaggio, con scalo a Caracas, durò quasi dodici ore, e Mercedes tenne sempre la fotografia della figlia sulle ginocchia. Sapeva che Micaela era molto cresciuta, ma negli ultimi mesi non aveva voluto che Luz le mandasse delle foto recenti, per rivederla in faccia solo al ritorno.

All'aeroporto di Lima vide la bambina avvicinarsi in braccio a Luz, e fu presa da una specie di capogiro, notando quanto era cambiata.

La piccola sorrideva tranquilla, ma quando Mercedes volle prenderla fra le braccia, togliendola da quelle della zia, si mise a strillare, spaventata, come se non avesse capito che quella donna era sua mamma Mercedes, quella che Luz le aveva fatto vedere ogni giorno in fotografia.

La gente che passava nel salone degli arrivi dell'aeroporto guardava la bambina che strillava e la donna pallida e passava oltre, mentre le impiegate alle biglietterie non alzarono nemmeno la testa, perché erano abituate a scene come quella.

Mercedes rinunciò a tenere in braccio la bambina, e la lasciò alla sorella. Mentre percorrevano in autobus file e file di case grigie, Luz, a bassa voce, disse a Mercedes di aver saputo che Vicente, il papà di Micaela, era morto qualche mese prima cadendo da un'impalcatura, in una cittadina lungo la costa, a sud della capitale.

Dicevano che lavorasse ubriaco.

Mercedes ascoltò la notizia in silenzio, guardando la periferia di Lima scorrere fuori dal finestrino. Con la mano sfiorava il fianco della piccola, in braccio alla sorella, ma niente di piú, per paura che si rimettesse a piangere.

A casa di Luz, Mercedes rimase ininterrottamente con Micaela per due giorni, da sola, parlandole, giocando con lei e ripetendo le canzoni che le cantava quando era piccola. Solo a metà del secondo giorno la piccola si lasciò prendere in braccio, e la chiamò *mamacita*.

Nei tredici giorni in cui rimase a Lima, Mercedes restò con Micaela molto di piú di quanto, in Italia, restava con la signora Ubaldi, dormendo nel letto con lei, parlando e cantandole canzoni. Poi attraversò per la terza volta l'Atlantico, e tornò in Italia.

Per altri tre anni non vide piú Micaela, ma la sentiva tre volte al mese al telefono, e oltre a parlare cantava le canzoni, per non farle dimenticare che era sua madre. Intanto metteva da parte i soldi e faceva le pratiche per poterla andare a prendere. Fogli e fogli da compilare, decine di file negli uffici della polizia e del comune.

Il sabato, andava a fare le pulizie al bar Continental. Per due mesi parlò con un giovane uomo, un argentino, ma quando si accorse che i bambini lo infastidivano, smise di frequentarlo.

Quando Mercedes attraversò l'Atlantico per la quarta volta, e andò a prendere Micaela, la bambina aveva già compiuto sette anni.

Partirono al mattino presto, quando i figli di Luz dormivano ancora. Micaela li aveva salutati la sera prima: aveva promesso di imparare a scrivere presto, e mandare loro lettere e disegni.

Paco le portò col furgoncino all'aeroporto, con Luz, e tutti si abbracciarono a lungo, tremando, anche se quel mattino, nonostante la solita nebbia sporca, a Lima non faceva cosí freddo.

In aereo, volando sopra l'Atlantico, Mercedes tentò molte volte di far guardare le nuvole alla piccola, ma Micaela dormí per quasi tutto il volo, come se avesse una malattia.

Rilancio

Quando Arianna finí di parlare, Licia rimase in silenzio, con il cuore che batteva forte.

La mamma aveva detto cose molto importanti.

Innanzitutto aveva detto che era incinta, e che fra sette mesi e mezzo sarebbe nato un fratellino, o una sorellina. Probabilmente avrebbe voluto aspettare a dirglielo, magari a sera, quando ci fosse stato il papà: ma Licia le aveva fatto una domanda, e la mamma aveva detto la verità.

Prima di capire se la cosa le piaceva o non le piaceva, se approvava o disapprovava, Licia sentí che il cuore le batteva sempre piú. I suoi piedi, sotto la sedia, aumentarono il ritmo delle oscillazioni.

La notizia del fratellino o della sorellina era cosí forte, cosí strana, che non riusciva a pensarla, a farla entrare tutta intera nella mente. Sentí il bisogno di metterla da parte, per considerarla piú lentamente, lasciarla sciogliere piano dentro di sé, riconoscere a una a una le emozioni, non sapeva ancora se gradevoli o sgradevoli, che conteneva. Preferí, per il momento, mentre le gambe le oscillavano a una velocità preoccupante, occuparsi con il pensiero di qualcos'altro, di un'altra delle conseguenze di quella novità.

Per parecchi mesi la mamma non avrebbe piú lavorato, perché c'era qualche piccola complicazione, nella sua pancia, e non poteva andare in giro liberamente. Sarebbe rimasta molto tempo a casa, perché aveva bisogno di riposo e tranquillità.

A causa di quella faccenda il progetto del Coro Arlecchino era sospeso, e sarebbe andato avanti dopo la nascita del fratellino, o sorellina, se possibile.

A Licia non erano mai piaciute l'espressione «se possibile» e tutte le espressioni simili.

– Perché il progetto sarà ripreso «se possibile»? – chiese, lentamente.

– Perché non so come riuscirò a organizzarmi, dopo, con due figlioletti, – rispose Arianna, con un filo, appena un filo d'impazienza nella voce.

Licia capí che era a quello che la mamma stava pensando, prima, quando guardava il cielo.

Ci fu un altro silenzio.

Arianna guardò Licia con le sopracciglia alzate, come se aspettasse qualcosa.

– Ma, gli altri? – chiese la bambina. – Giuliano, Renato, Marta, la signora Pinziani, eccetera.

– Be', loro non aspettano bambini... – osservò Arianna, allargando le mani.

– Voglio dire, loro potrebbero ancora pensarci, al Coro, no? – osservò Licia.

– Sí, – disse la mamma. – Ma ero io quella piú impegnata, Licia. A me toccava occuparmi del reclu... di trovare i bambini nelle scuole, o altrove, andando in giro. Ed è proprio quello che non potrò fare, con questa pancia delicata.

Licia spostò gli occhi sulla pancia della mamma, che fino a quel momento non aveva guardato.

Non le sembrava nemmeno un poco piú grossa del solito.

Chissà perché, sentí salire le lacrime agli occhi. La notizia del fratellino, o sorellina, cosí strana, cosí tremendamente nuova, le sfiorava il pensiero all'improvviso, le dava una specie di vertigine e di malinconia.

Tirò su col naso, raschiò la gola due volte, e disse:

– Potrei farlo io, mamma, il reclutamento.

Calcò la voce sull'ultima parola, per far capire che la conosceva e la sapeva pronunciare.

– Potrei farlo con gli altri, le gemelle,

Cosimo, eccetera... – precisò, mentre Arianna inarcava di nuovo i sopraccigli. – Non proprio come lo faresti tu, però quasi. Andremmo a cercare bambini stranieri che vogliono cantare, eccetera. Ne parleremmo in giro, a scuola, nelle feste, in biblioteca, eccetera. Sono sicura che Marta e la signora Pinziani ci aiuterebbero.

Parlava in fretta, con tanti «eccetera», come per non lasciare che la mamma replicasse.

– Cosí, quando sarai... libera, insomma dopo tutto quanto, con calma, un po' di lavoro sarebbe già fatto. Ci porteremmo avanti, come dice papà.

Tacque, alla fine.

Arianna guardò la figlia, stupita dal fatto che, subito dopo la notizia del nuovo bambino, o bambina, parlasse soltanto del Coro Arlecchino. Notò però che Licia le guardava la pancia, quasi di nascosto, e che le scendevano le lacrime dagli occhi.

– Vieni qui, Cià, – disse.

«Cià» era uno dei diminutivi di Licia. Gli altri erano «Lí», «Cina», «Lizina». Licia scese dalla sedia e si avvicinò alla mamma, e si abbracciarono. Licia aveva paura di far male alla pancia della mamma, e stava un po' staccata.

– Non mi fa male, – disse Arianna, stringendola. – E non fa male a lui, o lei...

Dopo un po', accarezzandole i capelli, la mamma disse:

– Per quello che hai detto poco fa, di cercare voi i bambini del Coro, potremmo parlarne, in fondo... Non è facile, bisogna sentire gli altri, ma non mi sembra un'idea cattiva.

– Vuoi dire un'idea che ha fatto bene a venirmi, anche se non si può realizzare, come dice papà? – disse Licia, tirando su col naso per la terza volta.

I tesori di Micaela

Micaela aveva sette anni e mezzo quando arrivò in Italia, dopo aver viaggiato sopra le nuvole e l'Atlantico senza vederli, e andò ad abitare con la mamma nella casa della signora Ubaldi, che aveva accettato di tenerla, perché le piacevano i bambini e non vedeva spesso i suoi nipoti, ormai cresciuti e sempre occupati ad andare in piscina, in palestra e molti altri luoghi.

La bambina dormiva nella camera di Mercedes, in un lettino aggiunto, e quando era in casa stava la maggior parte del tempo nella sala, che era piú grande dell'intera casa di zia Luz, in Perú. Nella sala Micaela scriveva o disegnava, su un lungo tavolo di noce, il piú lungo tavolo che avesse visto in vita sua.

Seduta su una grande poltrona coperta di velluto rosso vicino alla finestra, c'era quasi sempre la signora Ubaldi, che qualche volta le parlava, qualche

volta restava in silenzio. Qualche volta restava in silenzio per un'ora e anche piú. Quando capitava una di quelle ore di silenzio, Micaela un po' si spaventava, e le sembrava che quel silenzio fosse una cosa cattiva: allora si alzava e andava nella camera, sul lettino, e continuava a scrivere con il quaderno appoggiato alle ginocchia.

Quando tornava in sala, spesso la signora Ubaldi le chiedeva, con un'espressione quasi allegra:

– Sei stata a riposare un po', Micaela?

– Sí, signora, – rispondeva la bambina, perché non voleva parlare di quella sua brutta impressione.

Forse era vero che italiano e spagnolo sono lingue simili, come aveva scritto Consuelo a Mercedes anni prima, ma a Micaela, quando era arrivata in

Italia, era sembrato che tutti parlassero la lingua di un altro pianeta. Per due o tre settimane, all'inizio, quando sentiva qualcuno parlare italiano, si metteva a piangere, come ai tempi in cui Mercedes era partita da Lima la prima volta.

Poi, piano piano, Micaela smise di piangere, e tornò a essere, quasi, la bambina tranquilla che era sempre stata. L'italiano smise di sembrarle una cosa minacciosa, e cominciò a pronunciarne le parole, lentamente, come se masticasse con attenzione un cibo per sentirne il sapore.

Una tranquillità tutta speciale Micaela la trovava quando apriva il suo piccolo baule di latta. L'aveva tenuto con sé anche durante il volo sull'Atlantico, aprendolo ogni tanto e toccando gli oggetti, però senza tirarli fuori, come per paura che qualcuno glieli potesse rubare, o sequestrare.

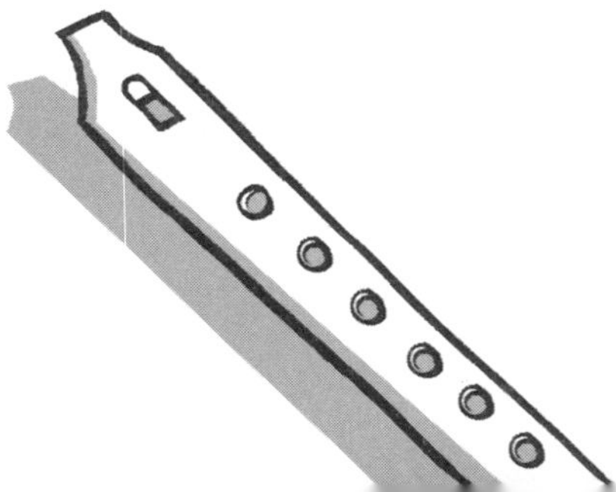

Dentro il baule c'erano alcune cose preziose, come una bambolina di stracci che si chiamava Cocolita: gliel'aveva regalata, a tre anni, un'amica di Lima, Maribel, e da allora era stata la sua bambola. Era ormai parecchio consumata e scolorita, ma Micaela non l'avrebbe scambiata con nessuna bambola nuova.

C'era anche, nel bauletto, una collana di sassolini chiari e scuri, che le era stata fatta dalla nonna con sassi di fiume e spago colorato. C'era poi una lattina senza il coperchio, con cui, in Perú, la bambina andava a raccogliere conchiglie in riva all'oceano insieme a zia Luz, zio Paco e i cugini. Le conchiglie le aveva lasciate ai cugini, perché in viaggio probabilmente si sarebbero rotte. Mercedes le aveva detto che anche in Italia c'era il mare, e che sarebbero certamente andate a cercare conchiglie con i loro nuovi amici: ma al mare, finora, non erano mai andate.

C'erano anche, nel piccolo baule, quattro *títeres*, piccoli burattini di lana da mettere sulle dita, che rappresentavano diversi personaggi. Il piú cattivo di tutti, che andava infilato sul dito medio, aveva la faccia che metteva paura e si chiamava El Turdon. Quando papà Vicente era ancora con loro, qualche volta infilava il dito in quel burattino, e faceva una voce grossa e minacciosa, che un po' spaventava Micaela, un po' la faceva ridere.

Nel baule c'era anche un piccolo flauto di legno, regalato da una signora della parrocchia, a Lima, quando Micaela aveva compiuto quattro anni. Però la bambina non aveva mai imparato a suonarlo.

Riunione di Comitato

L'idea di Licia, migliorata da qualche conversazione con mamma e papà, piacque molto ai suoi amici, e ancora di piú alla signora Pinziani, che mise la sala della sua grande casa in via Vittorio Veneto a disposizione del nuovo Comitato Arlecchino.

Nella grande stanza c'era un tavolo sempre coperto di dolci e bibite, quando il Comitato era al lavoro.

Alla prima riunione, dopo qualche assaggio, decisero la strategia.

– Come prima cosa, bisogna mettere un annuncio bello chiaro nella scuola, e in biblioteca, – propose Licia. – Mia mamma dice che è meglio cominciare solo con le nostre scuole, e vedere come va. Ci sono già tantissimi bambini stranieri, nelle nostre scuole...

– Chi lo scrive, l'annuncio? – si preoccupò Cosimo, che aveva qualche problema con la scrittura in tutte le sue forme.

– Adesso decidiamo insieme quello che bisogna dire, e poi lo scrivo io, – lo rassicurò Licia.

– Io potrei fare un disegno, – propose Silvia, una delle gemelle, che era brava a disegnare. – Voglio dire, non su tutti gli annunci uno per uno, lo farei una volta, e poi si fotocopia, eccetera.

– E cosa ci disegni? – chiese Cosimo, che trovava meno faticoso interessarsi ai lavori degli altri, piuttosto che farne di suoi.

– Non so, farei delle note, un coro... qualcosa di bello e colorato... – disse Silvia.

– Magari proprio il Coro Arlecchino! – intervenne Licia. – Un coro di tutti i colori. Comunque anche su questo bisogna ragionare, come dice Silvia. Dobbiamo fare le cose per bene.

Quelli del Comitato giocavano a fare le cose con serietà e meditazione, imitando, senza quasi accorgersene, i modi di fare e di dire dei grandi.

Parlarono un po', finché le idee di Silvia sul disegno furono abbastanza chiare, e tutti si trovarono d'accordo sul tipo e sul testo dell'annuncio da esporre nelle scuole e nella biblioteca.

Li interruppe a quel punto la signora Pinziani, portando un nuovo vassoio con delle paste. Aveva deciso di non partecipare alla riunione, per non influenzare i bambini, però ascoltava tutto quello che dicevano da dietro la porta della sala, sorridendo, facendo smorfie o scuotendo la testa, secondo quello che sentiva.

– Ciascuno porterà l'annuncio nella sua scuola, d'accordo? – disse Licia.

– D'accordo, – risposero insieme.

– E in biblioteca, chi ci va? – chiese Lara.

– Io, – rispose Licia. – La bibliotecaria è mia amica. Cioè, quasi una mia amica... E con lei dobbiamo parlare anche della sala prove.

– Della sala prove? – chiese Cosimo, non del tutto chiaramente a causa della bocca piena di pasta di mandorle.

– Avremo bisogno di una sala prove, quando ci sarà il Coro, e dovremo cantare, – spiegò Licia. – C'è una sala adattissima, nella parte vecchia della biblioteca, e se la chiediamo, e la bibliotecaria è d'accordo, il comune ce la dà sicuramente.

Di nuovo si aprí la porta.

Tutti si voltarono, pensando che arrivasse qualche altra leccornia. Apparve la signora Pinziani, senza vassoi, con le mani nelle mani, quasi imbarazzata.

– Passavo per caso qui fuori, ragazzi, – disse. – Ho sentito che parlavate della sala prove... Naturalmente sapete che questa sala è sempre a vostra disposizione. Qui abbiamo anche il pianoforte, e...

Restò in silenzio, confusa come una bambina.

– Lei è gentilissima, signora Pinziani, – disse Licia, che aveva previsto quella situazione discutendo con Arianna, e aveva preparato e imparato il discorso quasi a memoria. – Finché saremo in pochi, una decina, staremo qui molto volentieri, se lei ci ospita. Ma quando il Coro crescerà, sarebbe davvero troppo disturbo venire qui a cantare.

– Ve lo immaginate, qui in venti? – disse Cosimo, facendo smorfie e mimando qualcuno che si stringeva e si faceva spazio con i gomiti.

– Venti, o anche di piú, – disse Lara. – Il coro della parrocchia è di trentacinque persone...

La signora Pinziani sospirò, e annuí.

– Avete ragione, certo. Comunque, in effetti, la biblioteca non è troppo lontana da qui...

– Giuliano, l'amico di mamma, ha detto che là c'è anche una... come si chiama... tastiera da usare per l'accompagnamento delle prove, – osservò pronta Licia.

– Speriamo che abbia i tasti pesati, – disse a mezza voce la signora Pinziani.

– I tasti spesati? Che vuol dire? – chiese Silvia, allungando la mano verso un'altra pasta.

– Vuol dire che hanno la stessa resistenza dei tasti di un pianoforte... – disse la signora Pinziani, precisa e compita. – È importante per chi suona, perché...

Le orecchie del Comitato ascoltavano attente le spiegazioni tecnico-musicali della maestra provvisoria, mentre le bocche masticavano, golose.

I libri insieme

Nel corridoio della casa dove vivevano Mercedes e Micaela, c'era uno scaffale pieno di libri per bambini. La signora Ubaldi li aveva comprati parecchi anni prima, quando i suoi nipoti erano piccoli. Poi i nipoti erano cresciuti, e lei aveva chiesto ai suoi figli se volevano quei libri, ma le nuore avevano detto di non aver posto, nelle loro case. L'avevano pregata di tenerli, o farne quello che voleva. La signora Ubaldi, dopo aver pensato di liberarsene o donarli a qualche biblioteca, aveva finito per dimenticarli, e i libri stavano uno accanto all'altro, fitti, zitti e quieti, nella libreria del corridoio.

Due mesi dopo che Micaela era arrivata dal Perú, quando ancora non andava a scuola, vedendola guardare incuriosita dal basso i dorsi colorati dei libri, la signora Ubaldi ne estrasse uno con un po' di fatica dalla fila piú bassa.

Era un albo abbastanza grande, sottile, molto illustrato.

– Vieni, Micaela, – disse la signora, e raggiunse il divano, in sala. Sedette, e la bambina si mise accanto a lei, in attesa.
– Ti piacciono i libri? – chiese la vecchia, tenendo l'albo chiuso sulle ginocchia.

– *No lo sé, señora*, – rispose Micaela, che ancora non parlava l'italiano, sebbene lo capisse abbastanza bene.

– Non sai?

Mercedes, che era nelle vicinanze a spolverare i mobili, e ascoltava ogni cosa, spiegò:

– La piccola non conosce molto i libri come quello, signora. Nella scuola del Perú dove andava, non ne avevano nessuno. Nel Perú non ci sono libri per i bambini, almeno nelle scuole come la sua. E noi non li avevamo, a casa. C'erano solo dei giornali con le figure... come si chiamano, i fotoromanzi...

La signora Ubaldi rimase un po' in silenzio, poi aprí il libro alla prima pagina, dove appariva una grande illustrazione: una carrozza e alcuni cavalieri che la scortavano, sullo sfondo di prati verdissimi e boschi scuri e misteriosi.

Micaela abbassò la faccia a guardare, poi allungò la mano, toccando i cavalli come per sapere se erano veri.

La signora Ubaldi cominciò a raccontare la storia del libro, senza leggere, perché aveva ancora una buona memoria, e la ricordava dai tempi dei suoi nipoti, una decina d'anni prima.

Raccontava con parole semplici e lente, per farla capire bene a Micaela. La bambina ascoltava, senza staccare mai lo sguardo dalle figure, immobile. Quando la signora Ubaldi voltava una pagina, la piccola però allungava la mano a toccare le figure nuove, come aveva fatto con i cavalli della prima illustrazione.

Da quel giorno, ogni pomeriggio, Micaela e la signora Ubaldi sedettero per almeno mezz'ora sul divano della sala, con un libro nuovo, o con lo stesso libro, se la storia era lunga. La vecchia raccontava quasi sempre a memoria, e quando non ricordava leggeva, semplificando il testo.

«Se non capisci una parola, dimmelo, Micaela», aveva detto alla piccola una delle prime volte. Cosí Micaela, quando non capiva, le metteva una mano sul braccio. La signora Ubaldi si fermava, ripeteva la parola, la spiegava con parole conosciute, e poi riprendeva a leggere o raccontare.

Era una cosa che avveniva tutti i giorni, tranne sabato e domenica, quando venivano i figli o i nipoti a trovare la signora Ubaldi, o la portavano fuori. In quei due giorni, dopo aver fatto i compiti, e se non usciva con Mercedes, Micaela prendeva il libro che le era stato

letto, e lo riguardava, seduta sul divano. A mano a mano che imparava a leggere, scorreva e leggeva l'inizio della storia, o una pagina che le era piaciuta piú delle altre.

In poco piú di un anno, insieme alla signora Ubaldi, o da sola, Micaela lesse tutti i libri per bambini della libreria, e fu forse per quello che, in terza elementare, parlava e scriveva l'italiano meglio di alcuni dei suoi compagni.

Fu anche per quello, benché nessuno lo sapesse, che la memoria e l'attenzione della signora Ubaldi resistettero meglio, per qualche anno, al lento logorio della vecchiaia.

I dubbi di Licia

– Quanti bambini di preciso ci vorranno per il Coro Arlecchino, mamma? – chiese Licia.

L'aveva già chiesto una volta, e forse un'altra ancora, e la mamma aveva risposto tutte le volte: ma era come se la bambina non avesse capito, o non fosse convinta.

Con gli amici, quando faceva le riunioni del Comitato, Licia si mostrava sicura e precisa, ma quando era da sola le venivano dubbi e incertezze.

– Non c'è un numero preciso di bambini, – rispose la mamma, dopo aver preso un lungo respiro. – Dipende da che brani si vogliono fare, dal tipo di vocalità che si vuole ottenere, eccetera...

In quei giorni Arianna si affaticava a fare anche cose semplici, persino a parlare.

– Può essere un coro di dodici, sedici, venti bambini, – continuò, lentamente. – Non oltre i trenta, ma non c'è una regola fissa. Le ragioni del numero, poi, non sono tutte musicali: riguardano anche il trasporto, e altre cose...

– Il trasporto? – ripeté Licia. – Quale trasporto?

Per un attimo le apparve l'immagine buffa di un camion scoperto, con una quantità di bambini ammucchiati uno sull'altro, come grossi pezzi di legno, pinocchi colorati.

Arianna prese un altro respiro, e congiunse le mani sulla curva sporgenza della pancia. – Se si deve andare a qualche concorso, per esempio, – spiegò. – Tu sai cosa sono i concorsi... oppure a un concerto in un'altra città, bisogna che i bambini stiano su un pullman solo...

Il camion carico di pinocchi sparí dalla mente di Licia.

– Ma non credi che ai concorsi, eccetera, ci verranno anche i genitori, e i fratelli, eccetera? – obiettò in tono preoccupato. – Noi già saremmo in tre, io te e papà. E magari quattro, con il fratellino o sorellina, quando sarà abbastanza grande. E anche gli altri avranno i genitori, e allora non ci staremo, su un pullman solo...

Arianna rispose, piuttosto rapidamente:

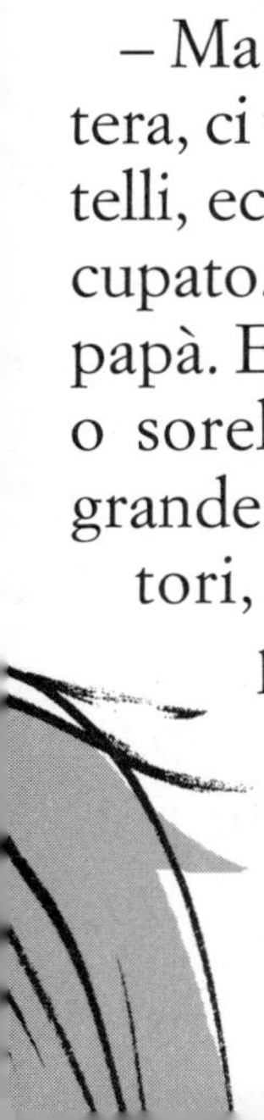

– Be', ci si organizza, Licia. Alcuni in auto, altri in pullman... È un problema che si risolve in un secondo momento.

Erano sedute in giardino, in una delle ultime giornate calde dell'anno, all'inizio d'ottobre. Ancora non si sapeva se nella pancia di Arianna ci fosse un bambino o una bambina, ma fra poco si sarebbe saputo: la mamma avrebbe fatto entro pochi giorni la visita decisiva.

In famiglia, la sera prima, avevano preso la decisione sul nome. C'erano nomi che piacevano a papà ma non a mamma, altri che piacevano a mamma, ma non a papà. Altri nomi piacevano a Licia, ma non a mamma e papà, e molte altre combinazioni. C'erano nomi che andavano bene per una bambina, ma non per un bambino, e viceversa.

Alla fine avevano deciso un nome che piaceva a tutti, sia al femminile che al maschile: Michele, o Michela.

Arianna stava abbastanza bene, a parte la stanchezza, ma doveva restare a casa la maggior parte del tempo, e non affaticarsi. Leggeva musica, e suonava il violino, ma non piú di mezz'ora ogni giorno.

– C'è un'altra cosa che vorrei sapere, – disse Licia. Era una cosa che le altre volte non aveva chiesto, anche se ne aveva avuto voglia.

– Cosa vuoi sapere? – disse Arianna, chiudendo gli occhi.

– Il Coro Arlecchino avrà bambini di tanti Paesi: ma quanti? Cioè, mettiamo che sarà per esempio di venti bambini, quanti ce ne dovranno essere di italiani, cioè, italiani nati qui, voglio dire, e quanti non italiani, eccetera?

Il discorso si confondeva.

Parlando, la bambina agitava le mani davanti alla faccia, a disagio.

La mamma rispose tenendo gli occhi chiusi, come se parlasse nel sonno.

– Non c'è nessuna regola, anche qui. Ma se vogliamo fare musiche di tutto il mondo, piú ce ne sono, meglio sarà.

– Sí, ma quanti? Cioè, siamo già in

quattro noi del Comitato, anzi cinque, perché c'è anche Lorenzo, il nipote della signora Pinziani, che ha una voce bellissima, e ieri è venuto alla prova, è molto simpatico, anzi sei, perché Martina, della mia classe, appena ha sentito del Coro si è iscritta subito. Cioè, se il Coro per esempio fosse di dodici, sarebbe già che la metà, cioè sei, siamo italiani, e allora forse non sarebbe abbastanza Arlecchino, non ti pare?

Licia spiegava, agitata, pasticciando le frasi, muovendo le mani davanti a sé, e scrollando spesso la testa, come se nemmeno lei capisse quello che stava dicendo.

Arianna non rispose. Con gli occhi chiusi, sembrava si fosse addormentata.

– Mamma?

– Sí, ho sentito, Licia, – disse Arianna a voce bassa. – Ma sono un po' stanca, adesso. Avremo tanto tempo per parlare di queste cose.

Rimase in silenzio, respirando adagio.

Licia corrugò la fronte. Non capitava

spesso che la mamma non rispondesse a una domanda, anche se era una domanda confusa come quella. Si sentí sola, abbandonata. Avrebbe dovuto pensare lei a risolvere tutti quei terribili problemi.

Era un gioco che talvolta faceva, quello di sentirsi sola e abbandonata. Lo sapeva fare cosí bene che sentiva, come in quel momento, mentre il sole d'ottobre tramontava dietro i tetti delle case, addirittura le lacrime salirle agli occhi.

Una differenza

La maestra della terza B disse:

– Chi vuole parlare delle differenze, oggi?

Era un gioco che si faceva in classe da un paio di mesi, e piaceva molto ai bambini. Una volta alla settimana qualcuno sceglieva un argomento, o accettava quello proposto dalla maestra, o da un compagno, e diceva le differenze.

Licia disse:

– Parlo io.

– Di che differenze vuoi parlare, Licia? – chiese la maestra.

– Delle differenze fra radio e televisione.

– Facile! – intervenne Claudio, che

non stava mai zitto quando non doveva parlare.

– Claudio, per favore... – disse la maestra.

Il bambino si scusò, alzando le mani e abbassando la faccia.

A Licia l'idea era venuta poco prima, ricordando la conversazione avuta con la signora Pinziani il giorno prima, dopo una riunione del Comitato Arlecchino.

Marianna, cosí si chiamava l'ex cantante, le aveva parlato a lungo della radio. Quando lei era piccola nelle case non c'era la televisione, ma la radio.

«L'ascoltavamo ogni sera», aveva raccontato. «Ma ricordo soprattutto i venerdí sera, quando c'erano le commedie. Ogni venerdí, una commedia: l'aspettavamo impazienti. A volte erano commedie antiche, classiche, quelle dei Greci, oppure del Seicento e del Settecento, scritte molti secoli fa. Altre volte erano commedie di autori moderni. Alcune erano proprio delle commedie, cioè testi divertenti, con pasticci e situazioni comiche, altre invece erano tragedie, piene di disastri, tradimenti, assassini e dolori... Ci mettevamo sul divano, io e mia sorella Veronica, il tesoro che ci ha lasciati tre anni fa. Ce ne stavamo lí tutte e due sedute comode, quasi sdraiate, con gli occhi chiusi... Qualche volta, nei punti paurosi, o dolorosi, ci tenevamo la mano. La radio era appena dietro di noi, su un mobiletto pensile. La cassa della radio era in parte di legno pregiato, la radica, un legno con cui si fanno le pipe, pensa un po', ed era senza uno spigolo: ce l'ho ancora, è di là in camera mia, un oggetto davvero prezioso, se vuoi dopo te la faccio vedere, Licia... Insomma, io e Veronica ci mettevamo lí, a occhi chiusi, e ascoltavamo la commedia, o la tragedia... E ridevamo, e piangevamo...»

Marianna aveva raccontato a lungo di quegli ascolti, e poi erano andate a vedere la radio, solenne e bella come un piccolo altare, con tanto di fiori sopra, sulla cassettiera della camera da letto.

– Avanti, Licia, – disse la maestra, dopo aver bloccato l'intervento di Claudio.

– La differenza è che alla televisione si vede, e alla radio si ascolta.

– La televisione però è piú bella! – intervenne Claudio, per dimostrare che non era del tutto domato. – Si vedono un sacco di cose, e alla radio no. E poi mica è muta, la televisione, si ascolta anche, come alla radio, e anche meglio!

– Si vedono anche alla radio, le cose, – disse Licia.

La maestra, che stava per rimproverare di nuovo Claudio per il suo intervento irregolare, le fece cenno di continuare.

– È come quando si legge un libro senza illustrazioni, – disse Licia. – Uno legge le parole del libro, e le immagina. Cioè immagina le cose, le persone, i movimenti, le scene, i paesaggi... Invece alla televisione le vede e basta. Vede quelle cose lí, quelle che gli fanno vedere quelli della televisione. Se piove, facciamo un esempio, alla televisione uno sente il rumore e vede la pioggia, e vede quella pioggia lí. Invece alla radio sente solo il rumore, e la pioggia se la immagina lui. È lui che inventa la figura della pioggia. E se la inventa come vuole, come sa lui, o come se la ricorda. Insomma s'inventa la sua pioggia. E per tutti gli altri che ascoltano, è lo stesso. Non la stessa pioggia: ognuno immagina la sua.

– Come tanti film diversi con lo stesso rumore! – disse Sara, in fondo alla classe.

Claudio, scettico, scuoteva la testa.

Che discorsi erano quelli? Come sarebbe stata, per esempio, una partita al pallone alla radio? Uno che cosa doveva immaginare?

Poi ricordò che una volta, durante un viaggio in macchina, suo padre e lui avevano ascoltato la radiocronaca di una partita. Era stato bello.

Come mai era stato cosí bello, anche se non si vedeva niente? pensò Claudio, corrugando la fronte.

Invito a Micaela

Licia pensava già da qualche tempo che sarebbe stato bello fare entrare Micaela nel Coro Arlecchino. Micaela era una compagna di classe dalla seconda, quando era arrivata dal Perú. Era timida, taciturna, molto schiva. Stava sempre zitta, in classe, e parlava solo quando la maestra le chiedeva qualcosa. Parlava con quel suo accento dolce e strano, che a Licia piaceva tanto. Parlava poco anche con i compagni, sia maschi che femmine. Stava in gruppo, ma quasi sempre ascoltava, senza parlare.

– Micaela, sai che stiamo facendo un coro? – le disse un giorno Licia, avvicinandosi durante l'intervallo ed entrando bruscamente nel discorso. – Si chiamerà

Coro Arlecchino, perché ci saranno bambini di tanti Paesi. Canteremo canti di tutto il mondo. Lo dirigerà mia mamma. Ti piacerebbe cantare nel coro?

– *Jo* non so cantare, – rispose Micaela, abbassando la faccia.

– Impareremo tutti, nessuno sa cantare, – disse Licia. – Per adesso mia mamma non può insegnarci, perché aspetta un bambino, ma c'è una signora molto gentile, che faceva la cantante in teatro, di quelle che cantano l'opera, e adesso è in pensione, e ci insegna a cantare. È molto brava e molto simpatica. Siamo in sei o sette, per adesso, e vorremmo cominciare le prove fra due settimane.

– *Jo* non so cantare, – disse Micaela, con la stessa voce di prima.

Licia restò in silenzio.

Le sembrava di non avere nient'altro da dire, e si sentiva un po' infastidita, quasi offesa, da quella risposta corta e uguale, anche se Micaela non l'aveva data in tono sgarbato.

– Pensaci, però, Micaela, – disse Licia, e si allontanò senza voltarsi indietro.

Micaela sospirò, e strinse i pugni. Le venne da piangere, perché le spiaceva di aver risposto in quel modo a Licia, che le piaceva, anche perché somigliava a Maribel, l'amica di Lima che le aveva regalato Cocolita. Però non pianse, perché era diventata molto brava a cacciare indietro le lacrime.

L'eroica Bastidas

Sul fondo del bauletto dei tesori di Micaela c'era una cosa piccola, ma molto importante: un coccio quadrato, di ceramica azzurra, con scritto sopra in rilievo, in caratteri corsivi ed eleganti: «Micaela Bastidas». Era il nome dell'eroina che tutti conoscono, in Perú: era in suo onore che Mercedes e Vicente avevano dato alla loro figlia quel nome.

Micaela, fin da piccola, aveva tenuto spesso quel coccio in mano, mentre la nonna, la mamma di Mercedes e Luz, cantava una ballata che parlava di quel personaggio.

Tu sei nata sulle Ande,
ma tuo padre era africano,
era un uomo scuro e grande
e veniva da lontano.

Tu sei nata sulle Ande,
Pampamarca, lassú in fondo,
che non è un villaggio grande,
però è di questo mondo.

Sei cresciuta sulle Ande
con quel collo lungo e scuro,
e sei diventata grande,
molto bella, di sicuro.

Hai trovato sulle Ande
il José della tua vita,
era bello, forte e grande,
fosti la sua preferita.

Tu chiamavi lui «Chepe»,
e lui «Mica» ti chiamava,
baci forti come il pepe,
tu gli davi e lui ti dava.

Grandi nozze, a Surimana:
canti, balli, risa e festa,
eri bella, eri sovrana,
con i fiori sulla testa.

Poi ci furono i tuoi figli,
tre capretti, tre torelli,
profumati come gigli,
generosi, forti e belli.

Ma José aveva pensieri,
ed un nome rivoltoso:
diventaste guerriglieri,
tu e Túpac, il glorioso.

Per la lotta agli spagnoli,
per il libero Perú,
fosti madre di figlioli,
ma ribelle ancor di piú.

E poi fosti catturata
dai nemici del Perú:
una donna giustiziata
con piú furia mai ci fu.

Micaela, onore e gloria,
donna che lottasti tanto:
resti nella mia memoria
nel mio cuore e nel mio canto.

Mentre Eugenia, la nonna, cantava quella ballata, Micaela passava il dito sul nome del coccio, lentamente, e quando lo aveva seguito tutto lo ripercorreva all'indietro, senza fermarsi, godendosi sotto il polpastrello quelle due parole incantate.

Nonna Eugenia era morta quando Micaela aveva quattro anni.

La bambina e la zia, tutto l'anno seguente, prima che Mercedes tornasse a prendere Micaela, erano andate ogni settimana al cimitero, a mettere fiori sulla sua tomba e a salutarla. Ogni volta Micaela portava il coccio, per ricordare alla nonna la loro storia preferita.

Anche zia Luz e Mercedes conoscevano la ballata di Micaela Bastidas, ma la cantavano in modo diverso dalla nonna.

Cantata da loro, la storia non aveva lo stesso sapore.

«Nonna Eugenia la cantava in pace, – spiegava la bambina. – Voi invece la cantate nervosa...»

Anche in Italia, ogni tanto, Micaela prendeva il coccio, chiudeva gli occhi e, passando il dito sul nome, ricordava il canto della nonna. Cercava di ricordarne ogni parola, ogni nota, ogni tono.

Qualche volta riusciva a ricordarlo, a risentire nella mente le parole e la musica, qualche volta invece non ci riusciva.

La città da lassú

Licia si teneva stretta con le braccia, allacciando le dita a cerniera, come aveva imparato, mentre papà Franco guidava la moto su per la collina a settanta chilometri all'ora. I due caschi, a contatto in un punto, vibravano e facevano un rumore sordo. Licia, a occhi chiusi, immaginava che a fare quel rumore fossero i loro crani, e rideva.

Settanta chilometri all'ora era la velocità massima che papà aveva promesso di raggiungere, un anno prima, perché Arianna gli permettesse di portare la bambina in moto. Non l'aveva, in effetti, mai superata, nemmeno nei tratti di strada libera e scorrevole.

I patti erano patti.

Andando piú veloce, poi, avrebbe goduto meno la deliziosa sensazione delle braccia di Licia attorno alla pancia, il calore del suo piccolo corpo sulla schiena, e avrebbe sentito di meno le parole che lei, sporgendo un po' la testa di lato, gli diceva ogni tanto.

Arrivato in cima alla collina, il papà fermò la moto. Licia saltò giú, svelta, tolse il casco, lo appoggiò sul sellino posteriore e fece una corsa avanti e indietro, per sgranchirsi le gambe. Lui stabilizzò la moto, che da quando era sposato usava pochissimo, ma non aveva ancora avuto il coraggio di vendere, e sedette sul muretto, come sempre quando venivano lí, a guardare la città dall'alto.

Licia sedette accanto a lui, dondolando i piedi di qua e di là, dato che il muretto impediva di dondolarli avanti e indietro, come le piaceva fare.

– Cosí, pensi che sia ancora presto per portare il Coro dalla mamma? – chiese.

– Sarà sempre troppo presto, prima che nasca Michele, – disse lui.

Ormai sapevano che stava per nascere un maschio, e lo chiamavano già per nome.

– Siamo solo in sei, papà, – disse Licia.

– Potresti portarli a trovarla, un giorno di questi, ma certo non a fare le prove, – disse Franco. – Si stancherebbe troppo. Le donne che aspettano i bambini hanno le emozioni forti. Le energie, in questo momento, deve tenerle per il piccolo.

– Giusto, per il piccolo, – ripeté Licia, con una piccola smorfia.

Un po' troppe cose stavano cambiando, negli ultimi tempi, e non erano tutti cambiamenti piacevoli.

Raccolse un sassolino dal muretto, e lo scagliò nel prato con ulivi che copriva dolcemente la collina, sotto di loro.

Era lei che, dopo pranzo, aveva chiesto al padre di portarla lassú. Ci venivano ogni tanto, qualche volta anche in macchina, perché a Licia piaceva molto guardare la città dall'alto, e parlare col padre in quel posto tranquillo, «subito sotto il cielo», come l'aveva descritto una volta.

Era il loro posto speciale, per parlare da padre e figlia.

«Sai, papà?» aveva detto un giorno la bambina, un paio d'anni prima, mentre erano seduti sul muretto. «A me sembra che quello che dico quando siamo qui sia piú importante...»

«Anche quello che dico io è piú importante, Lizina?» aveva detto Franco, sfiorandole con il dito la punta del naso.

«Quello che dici tu è sempre importante, Papanco!» aveva risposto lei, in tono buffonesco e solenne.

Quando erano soli, o piú raramente a casa, riprendevano qualche volta i giochi e i nomignoli dei primi anni.

Rimasero un po' in silenzio, guardando la città. Licia sapeva molte cose di quello che vedeva, perché lui, nelle visite precedenti, gliele aveva mostrate e spiegate. Sapeva il nome di tutte le chiese di cui si vedevano le cupole, i campanili, e i palazzi piú grandi, di cui si distinguevano i tetti rossi e squadrati. Sapeva anche il nome di certi giardini, che da lassú si potevano solo intuire per la cima di un albero, o una macchia verde nel fitto delle case.

– Mamma dice che, però, se il Coro va a trovarla, potremmo parlare insie-

me dei pezzi da fare, – insisté. – Dice che vorrebbe spiegare bene al Coro quello che vuole, i canti da scegliere, i tipi di musica, eccetera...

– Certo, Licia, – disse lui. – Ma non c'è Marianna che vi fa cantare, adesso?

– Sí, – rispose Licia, facendo una buffa smorfia contro il sole, che si abbassava di fronte a loro sulle colline. – Marianna è molto brava, e spiega le cose, ma...

– Ma cosa? – chiese il papà, voltandosi verso di lei.

– Non so, ogni tanto ride troppo... – lei disse, grattandosi la fronte. – Voglio dire, non ride per allegria, ma per nervosismo. E questo fa innervosire me, e anche gli altri.

– Gli altri che cosa dicono? – chiese Franco.

– Agli altri piace molto, a parte il nervoso per le sue risate, soprattutto a Cosimo e a Lara, perché porta sempre cose buone da mangiare, – rispose Licia.

– Cosa state imparando, adesso? –

chiese lui, guardandosi la punta delle scarpe.

– Una ninnananna, molto bella, – rispose la bambina, prendendo un gran respiro.

– Me la canti?

– Da sola? No, papà, dài, non è bella, da sola.

– Sí che è bella.

– No, dài. Solo con la mia voce non è bella, perché è un canto da coro.

– Fa' sentire la tua parte, le altre voci le immagino. Sai che anch'io sono un musicista, no?

Licia gli diede un pugno sul fianco. Franco aveva suonato la chitarra per quattro anni, da ragazzo, in un complessino che eseguiva solo le canzoni dei Beatles.

– Cantami la ninnananna, – disse il papà, mettendole una mano sulla spalla e scrollandola leggermente.

Licia fece un altro sospiro, poi prese un respiro lungo, e gliela cantò.

Altre differenze

– Chi vuole parlare delle differenze, oggi? – chiese la maestra.

Si chiamava Alessandra, era alta, magra, con i capelli rossicci che a Licia sembravano quelli di Priscilla, una delle sue bambole da piccola.

Una volta, la signora Pinziani aveva chiesto a Licia com'era la sua maestra.

«È brava», aveva risposto la bambina immediatamente, in tono molto convinto.

«Perché è brava?» aveva insistito Marianna.

Licia aveva pensato abbastanza a lungo, perché sapeva che quando i grandi ti fanno una domanda a cui sembra facile rispondere, bisogna invece pensare bene. Dopo aver ben pensato, contenta di aver trovato una risposta che le piaceva, aveva detto:

«È brava perché conosce un sacco di differenze. Voglio dire, non solo le differenze fra le cose, ma anche quelle fra noi bambini».

– Dunque, nessuno vuole parlare di differenze, oggi? – ripeté Alessandra, percorrendo la classe con lo sguardo, senza severità.

«Anche la pigrizia fa parte di questo mondo», diceva qualche volta ai bambini. Poi disse:

– Scelgo io.

Quella era la regola: se nessun bambino si proponeva, poteva sceglierne uno la maestra. Se quello scelto non voleva, però, poteva dire di no, e per quella mattina non si parlava piú di differenze. Ma non succedeva quasi mai, perché il gioco delle differenze piaceva a tutti i bambini della classe.

– Vuoi parlare tu, Micaela? – disse Alessandra.

Micaela non parlava, se qualcuno non glielo chiedeva, ma non disse che non voleva.

– Non so di che differenza parlare, maestra, – rispose con la sua voce un po' bassa e lenta, e il suo accento delle Ande.

La classe era molto silenziosa.

Era emozionante ascoltare quella contrattazione tra la maestra e la silenziosa compagna venuta dall'altra parte del mondo, che sembrava nascondere nella pelle un po' scura, nei suoi occhi nerissimi, parecchi segreti.

– Qualche differenza tra qui e il Perú, per esempio, – propose Alessandra, e si avvicinò alla grande carta geografica del mondo che stava appesa alla parete.

Non indicò niente, ma lo sguardo dei bambini percorse velocemente lo spazio tra l'Italia, cosí facile da riconoscere, stivaletto sghembo nella sacca del Mediterraneo in attesa di qualche Babbo Natale sempre in ritardo, e la tozza macchia scura in alto a sinistra, sul grande triangolo sudamericano, che era il Perú.

Un'altra cosa che Alessandra faceva spesso, soprattutto con i bambini che venivano da altri Paesi, era far ricordare.

Micaela pensò un poco, prese un fiato lungo, e cominciò:

– Una differenza tra qui e il Perú è la scuola. Qui tutti i bambini vanno a scuola, in Perú ci vanno in pochi. Là ci sono le scuole pubbliche, ma sono cattive scuole, dove si prendono botte, e non si bada molto ai bambini. Io andavo alla scuola privata della Concepción, costava molti soldi alla mia mamma, che li mandava ogni mese. Nella scuola privata si stava meglio, e insegnavano le cose, e non c'erano le prepotenze.

Alcuni bambini, ascoltando Micaela, corrugavano la fronte e guardavano la macchia bruna del Perú, sulla carta del mondo, come se aguzzando lo sguardo potessero vedere quello che la compagna stava raccontando.

– Un'altra differenza è che qui si mangia, a mezzogiorno, nella scuola in Perú no, – continuò Micaela. – A mezzogiorno, con altri bambini, andavamo in un posto che si chiama la Casa di Carità dove mangiare costava pochi centesimi. Poi, qui di sera mangiamo la pasta, o la pizza, e anche l'hamburger, in Perú c'era brodo di verdura e un pezzettino di pollo.

Si fermò, pensò cinque secondi a occhi chiusi, e riprese.

– Un'altra differenza è che qui c'è tanto tempo per giocare, in Perú poco –. Pensò ancora, poi aprí gli occhi e disse: – Un'altra differenza che mi viene in mente adesso sono i pannolini dei bambini. Qui sono morbidi, e si buttano via quelli usati, invece in Perú sono pezzi di stoffa piegati, che si lavano e si usano ancora molte volte.

La classe taceva, aspettando.

– Ecco, queste sono delle differenze, – concluse invece Micaela.

– Grazie, Micaela, – disse Alessandra.

Licia, come faceva spesso mentre ascoltava, stava disegnando una specie di negozio-baracca, e davanti al negozio molti bambini piccoli con il braccio alzato.

Dietro il negozio-baracca, altissime nel cielo, con le cime aguzze e bianche di neve, c'erano le Ande.

Prove di coro

Marianna Pinziani aveva capito, dopo le prime esperienze, che non era una buona cosa mettere dolci e bevande sul tavolo prima della prova. Non si canta bene con la bocca piena di biscotti, la lingua piena di sapori, e se si è distratti dalla vista e dal profumo delle leccornie.

Cosimo, per esempio, durante il canto, era portato a guardare piú verso il tavolo imbandito che verso le mani della signora Pinziani, che dirigevano l'esecuzione.

Cosí, a partire dalla terza prova, dolci e bibite apparvero soltanto alla fine.

– Queste dolcezze, per ricompensarvi delle dolcezze delle vostre voci! –

disse ridendo la signora Pinziani, mettendo le varie delizie sul tavolo. – Pensavate che le avessi dimenticate? Cosimo aveva un tono molto malinconico, oggi, cantando...

A Licia le battute sdolcinate facevano venire i brividi nella schiena, ma le perdonava, perché la signora Pinziani stava compiendo, senza nessuna ricompensa, e altre generosità, quello che Arianna in quel periodo non poteva fare.

E poi era brava, nelle prove. Aveva una certa esperienza di cori di bambini, e conosceva dei giochi interessanti.

All'inizio c'era «l'appello musicale»: lei cantava il nome di ciascuno, con una melodia che variava ogni volta, e ciascuno rispondeva, ripetendo la melodia a orecchio, con un bel «presente, sono qua».

Era divertente.

A volte la signora Pinziani non faceva cantare, ma soltanto recitare delle filastrocche, variando il tono o il volume della voce, o imitando le espressioni dei personaggi.

«La voce si scioglie prima nella testa che nella gola, signori miei...» diceva con aria sapiente.

A volte proponeva ai bambini giochi di ritmo, con battute di mani, schiocchi delle dita o battiti su tamburelli: ne aveva procurato uno per ogni corista.

La prima canzone che il giovane Coro Arlecchino imparò fu *El grileto e la formicola*, una canzone del Trentino, triste e buffa nello stesso tempo. Raccontava di un grillo e una formica innamorati, del loro matrimonio, del grillo che cadeva e si feriva, della formica che andava a cercare un medico al di là del mare e che, alla notizia della morte del grillo, si buttava in un canale.

– Le lingue diverse non sono solo fuori dall'Italia, ma anche dentro, – spiegò Marianna. – Cosí, d'accordo con Arianna, vi farò imparare due o tre canti nei dialetti italiani.

– Anche in napoletano? – chiese Cosimo, che aveva i nonni materni ad Avellino.

– Anche in napoletano, – rispose la signora Pinziani. – Ce ne sono di bellissime. Quando avremo imparato *El grileto e la formicola* impareremo proprio una canzone napoletana.

– Allora il Coro Arlecchino sarà anche un Coro Pulcinella! – scherzò Lara.

– Rallentate! Rallentate! – sussurrava molte volte Marianna, durante il canto, allargando le braccia e rallentandone il movimento. Quello di accelerare il tempo, lei lo sapeva, era uno dei difetti piú frequenti nei cori di bambini. Era provocato da una specie di impazienza, di ansia, di eccesso di energia.

– Tanto i dolci usciranno dalla cucina solo al momento giusto, amici miei! – scherzava. – Non è cantando piú in fretta che li vedrete apparire su quel tavolo!

Prima di eseguire una canzone, il Coro Arlecchino la doveva capire. Si leggeva il testo, si parlava un po' del suo significato, si cercavano le «bellezze nascoste nelle parole», come le chiamava la signora Pinziani.

– Un giorno vi racconterò le opere, le trame dei melodrammi, e poi le ascolteremo! – diceva ogni tanto, entusiasta.

Licia chiudeva gli occhi, sperando che quel giorno non venisse mai. Capiva la nostalgia della signora Pinziani per le opere, ma lei non poteva proprio sopportare il melodramma, le parti in cui i cantanti non cantavano, ma parlavano cantando.

Si chiamavano «recitativi».

Licia odiava i recitativi. Quando, a casa, le capitava di sentirne uno in un'opera che la mamma stava ascoltando, alzava gli occhi al cielo, sbuffava, faceva smorfie, e imitava i personaggi mettendosi in posizioni da marionetta.

Un gioco che piaceva moltissimo a tutti quelli del Coro Arlecchino, invece, era quello del semaforo. Una volta imparata una frase musicale, i bambini la cantavano, ma se la signora Pinziani chiudeva di colpo la mano, smettevano di colpo, continuando a cantarla nella mente.

«Serve a memorizzare bene i passaggi della melodia», aveva spiegato la maestra.

Il Coro Arlecchino era contento che quel gioco servisse anche a qualcosa: ma lo faceva volentieri perché era molto divertente.

Fare la fila

Spesso Micaela accompagnava Mercedes in comune, o al commissariato di polizia, per le pratiche dell'immigrazione.

Ce n'erano da fare continuamente. Bisognava andarci almeno due volte al mese, talvolta quattro. Ogni volta occorreva fare la fila, insieme ad altra gente del mondo.

La fila negli uffici era una parte normale, inevitabile, della vita di Micaela e Mercedes.

«Andiamo ad aspettare», diceva Mercedes quando occorreva fare qualche pratica in un ufficio. Qualche volta era soltanto lei a fare la fila, perché Micaela era a scuola, o restava a giocare a casa, o nel cortile, ma spesso Mercedes portava anche la bambina, perché non sapeva mai per quanto tempo sarebbe stata assente e non voleva lasciarla sola troppo a lungo.

A fare la fila insieme a loro c'erano cileni, argentini, congolesi, albanesi, camerunensi, brasiliani, marocchini, rumeni, filippini. I cinesi erano pochi.

«I cinesi sono invisibili», diceva Mercedes a bassa voce, ridendo.

C'erano uomini, ma soprattutto donne, e qualche volta i bambini. I bambini, particolarmente quelli piccoli, erano tranquilli, di solito, come se fossero abituati a fare la fila già alla loro età. Come se sapessero che era inutile essere impazienti.

Si sentivano attorno a Micaela lingue comprensibili, parlate a bassa voce, anche se con accenti diversi dal peruviano, e altre lingue completamente sconosciute.

C'erano impiegati e poliziotti bruschi e ce n'erano di gentili, altri vivaci e scherzosi, altri stanchi. C'erano quelli gentili davvero, e quelli che ci provavano soltanto.

A volte qualcuno si arrabbiava, qualcuno perdeva la pazienza, si sentivano parole scortesi o esasperate, ma quasi sempre, nelle file, c'erano pazienza e stanchezza. Era come se nessuno di quelli che erano lí, stranieri, impiegati e poliziotti, volesse esserci. Invece c'era.

Fare la fila, a Micaela, metteva nel corpo e nella mente uno strano torpore. Si sentiva sospesa in un luogo e in un tempo diversi da quelli d'ogni giorno, dalla vita normale.

«Quando sono negli uffici ad aspettare, è come se fossi nel corridoio del tempo», aveva scritto in un tema.

La maestra aveva letto le sue parole a tutta la classe, perché in quel periodo stavano parlando della poesia, di similitudini e metafore.

«Micaela, probabilmente senza volere, ha scritto una poesia», aveva detto la maestra. «“Nel corridoio del tempo” è una metafora. Sono sicura che anche un poeta sarebbe contento di averla inventata».

L'impazienza di Michele

Michele, che aspettava di nascere nella pancia di Arianna, contrariamente ai bambini che facevano la fila negli uffici, sembrava piuttosto impaziente.

Licia appoggiava spesso la mano su quella pancia, e sentiva i movimenti leggeri del piccolo, ormai pronto a venire nel mondo.

– Non gli piace stare nel corridoio del tempo, – disse un giorno la bambina.

– Come hai detto? – chiese Arianna.

Licia le raccontò quello che era successo a scuola qualche giorno prima, e aggiunse:

– Qualche giorno fa ho chiesto a Micaela di entrare nel Coro, ma dice che non sa cantare. Non è neanche vero che non sa cantare. Un giorno l'ho sentita.

– Quando?

– Durante l'intervallo, in giardino. Stava appoggiata a un albero, e muoveva le labbra, con gli occhi chiusi. Io sono un pochino curiosa, come sai, e piano piano, strisciando lungo il muro come un gatto, sono andata dietro di lei, e l'ho sentita cantare.

– E cosa cantava?

– Una filastrocca lunga, senza ritornello, come si chiamano...

– Una ballata?

– Sí, una ballata. Però la cantava in peruvia... cioè, insomma, in spagnolo, che non è proprio come lo spagnolo che parlano in Spagna, ha detto la maestra. Cosí non ho capito molto quello che diceva.

– E come cantava?

– Bene, secondo me. Molto dolcemente. Nella ballata c'era anche il suo nome, Micaela, quello l'ho capito bene. Forse è una canzone che qualcuno ha scritto per lei.

– Perché non glielo chiedi? – propose Arianna. – Magari senza dirle che l'hai sentita cantare di nascosto...

La faccia di Licia prese l'espressione di astuzia che le piaceva spesso mostrare.

– Potrei dirle, per esempio, che ho sentito una canzone peruviana con dentro una certa Micaela, e mi sono incuriosita...

Tacquero per un poco.

Il piccolo Michele, che da qualche momento non si muoveva, si fece risentire sotto la mano di Licia, come se il silenzio della mamma e della sorella lo rendesse inquieto.

– Ma Michele li sente, i rumori, mamma? – chiese Licia.

– Penso di sí, anche se li sente attutiti, come si sentono stando sott'acqua...

– Lui sente le nostre voci, adesso, per esempio, e quella di papà?

– Pare che le senta, sí, e anche che le riconosca. Nell'ultimo mese, sembra che tutto questo succeda.

– Deve essere strano sentire la voce di chi ti ha... voglio dire, sentire la tua voce, stando dentro di te, – disse Licia, agitando le mani nel discorso. – Cioè, per lui è diverso sentire le voci di fuori, come la mia o quella di papà, e la tua...

– Quando parlo io, infatti, di solito se ne sta piú calmo, – disse Arianna.

– Deve essere un po' come quando si è nel Coro... – disse la bambina, staccando la mano dalla pancia della mamma, e stropicciandosi la punta dei capelli.

– Cosa vuoi dire?

– Voglio dire... quello che sente Michele, dentro di te, quando parli. Deve essere come quando io canto nel Coro, durante le prove. Non lo sento fuori, sono dentro anch'io nella voce... È bello.

– O come suonare in un'orchestra, – disse Arianna, pensierosa. – Forse ancora piú bello, perché la voce è una cosa piú tua del suono di uno strumen... ops!

– Che c'è, mamma? Non stai bene?

– Michele è molto vispo, oggi, – disse Arianna. – O forse si annoia ai nostri discorsi sulla musica, e vuole che torniamo a parlare di lui.

– Ne sentirai parlare, di musica, Michelino! – rise Licia, riappoggiando la mano alla pancia della mamma.

Poi tornò seria all'improvviso, e rimase a sentire quei piccoli, misteriosi movimenti. Provava, sentendoli, il solito capogiro, la solita strana sensazione mista d'angoscia e d'allegria.

Idee di propaganda

Il Coro Arlecchino era composto, per il momento, oltre a Licia, da Cosimo, Lara, Silvia, Lorenzo, il nipote della signora Pinziani, e Martina.

Erano tutti amici, anche se Lorenzo, bambino molto quieto e silenzioso, era di un'altra scuola, ed era entrato per ultimo nel gruppo. Aveva una bellissima voce.

– Mamma dice che non dovremo essere meno di sedici, – disse Licia a una delle riunioni. – Abbiamo un sacco di lavoro da fare. E soprattutto bisogna cominciare a trovare bambini stranieri, voglio dire, insomma, lo sappiamo, perché altrimenti che Coro Arlecchino è? Io ho fatto la proposta a Micaela, della mia classe, che viene dal Perú e secondo me è in gamba, però è molto timida. Dice che non sa cantare. Vedremo.

– E Santiago? – chiese Lara, riferendosi al figlio di Renato e Fausta, amici di Licia.

– È ancora troppo piccolo, dice mia madre, – rispose Licia scuotendo la testa. – Magari fra un anno o due.

– Qualcuno ha risposto all'annuncio, in biblioteca? – chiese Cosimo.

Da quindici giorni Licia aveva appeso alla bacheca della biblioteca un foglio, con sopra scritto l'invito a entrare nel Coro.

– Un paio di mamme hanno chiesto informazioni alla signora Franca, ma erano italiane, – rispose Licia. – Una di loro ha persino protestato, perché dice che prima di fare i cori con i bambini stranieri bisogna farli con quelli italiani.

– C'è gente che la pensa cosí, – disse Silvia.

– Insomma, caro Coro, non siamo

messi molto bene, per adesso, – sospirò Lara.

– Bisogna avere pazienza, – disse Cosimo, adocchiando il tavolo su cui la signora Pinziani stava distribuendo, silenziosamente, le solite dolcezze. Si fingeva impegnata nell'operazione, ma non perdeva una sillaba dei discorsi dei bambini.

– E bisogna anche avere qualche buona idea, – disse Licia.

– Cioè? – chiese Silvia.

– Qualche idea di propaganda. Qualcosa di meglio degli avvisi in biblioteca.

– Per esempio? – disse Martina.

– Non so, ci dobbiamo pensare. La prossima volta, ognuno porta un'idea, – propose Licia.

– E se diciamo in giro che alle prove ci sono le paste, eccetera? – propose Cosimo.

– Siamo un coro, mica una pasticceria! – protestò Lara.

La signora Pinziani, che stava pie-

gando per la seconda volta i tovaglioli-
ni di carta, fece fatica a non scoppiare a
ridere.

– Io un'idea l'avrei anche subito, –
disse Silvia.

– Dài! – incitarono in due o tre.

Marianna, che stava uscendo dalla
stanza, tornò indietro e andò a sistema-
re le tende della finestra, che non ne
avevano assolutamente bisogno.

Parlando di Micaela

– Ciao, Micaela.

– Ciao, Licia.

La «c» di «Licia», in bocca a Micaela, era simile a una «s». A Licia piaceva molto sentirla pronunciare a quel modo.

– Micaela, in spagnolo, è come Michela in italiano, vero? – disse Licia.

– Sí, credo che sí... credo di sí, – rispose Micaela, correggendosi, come sempre, quando si accorgeva di aver usato espressioni della vecchia lingua.

Mercedes, a casa, si sforzava di parlare in italiano, per aiutarla a impararlo, anche se ormai Micaela lo parlava meglio di lei.

«Tu tieni el cervello molto piú fresco del mio!» diceva Mercedes, ridendo.

Con le amiche, quando si trovavano a casa, o fuori, nella piazza del quartiere dove avevano l'abitudine di riunirsi nei giorni di festa, la mamma parlava però sempre spagnolo, e Micaela si beveva con le orecchie, golosa, quel suono conosciuto e amato.

– Ti hanno chiamato Micaela perché avevi una nonna che si chiamava cosí? – domandò Licia, in tono leggero. – Anche qui qualche genitore lo fa. Una volta anzi lo facevano quasi tutti.

– No, non è per questo, – rispose Micaela. – Mi hanno dato il nome Micaela perché in Perú c'era una donna molto coraggiosa, una guerrigliera, che si chiamava Micaela Bastidas. Era una donna molto importante quando il Perú lottava contro gli spagnoli, muchi... moltissimi anni fa. Fu uccisa anche, in un modo terribile.

Era il discorso piú lungo che Licia avesse sentito fare a Micaela, a parte quelli in classe, quando la maestra faceva parlare i bambini su qualche argomento. – Una volta, alla radio mi sembra, ho sentito la canzone di una cantante molto brava, che parlava proprio di questa Micaela Bastida, – mentí Licia, tutto d'un fiato.

– Bastidas. Forse era María Leta Lavegar, – disse Micaela.

– Chi?

– María Leta Lavegar, la cantante. È brava e anche bella, con i capelli neri lunghi fino alla schiena, e canta in tutto il mondo le canzoni dell'America Latina.

– Ah, sí, forse, non ricordo bene il suo nome. Comunque, era una canzone molto bella.

– Io la so tutta.

– La canzone di Micaela Bastidas? E la sai anche cantare?

– Io... bu... bene, io lo so com'è, quella canzone.

– Cioè, la sai cantare?

– Io non so cantare.

– E allora come fai a saperla?

– So le parole. Le so tutte, a memoria.

– Me le dici?

Micaela fece un sospiro lunghissimo, come se si preparasse a parlare, invece rimase in silenzio. Aveva paura, ripetendo le parole, di mettersi senza volere a cantare.

– Se non vuoi dirle, non importa, – disse Licia, alzando le spalle. – Magari me le dici un'altra volta.

– Se vuoi, te scrivo, le parole, – disse Micaela in fretta, questa volta senza correggersi. – Sono belle. Te le scrivo su un foglio, se vuoi. Te le scrivo in italiano.

– Bella idea! Scrivimi le parole, senza fretta. Ma scrivile in spagnolo, sono sicura che in spagnolo sono piú belle... – disse Licia, contenta di quella chiacchierata.

Si sentiva stanca, come se ottenere quella promessa da Micaela fosse stato come sollevare una pietra pesante.

Michele e Mamore

Il piccolo Michele nacque esattamente nel giorno in cui, stando ai calcoli del dottore, sarebbe dovuto nascere. Aveva la testa piccola e tonda, una smorfia birichina e una voce decisa e robusta, ma assolutamente ancora troppo acerba per entrare nel Coro Arlecchino.

Per una settimana ogni attività del Coro e del Comitato si fermò. Si fermò anche la realizzazione dell'Idea di Propaganda di Silvia, che era stata discussa e accettata dal Comitato all'unanimità.

Intanto, però, l'avviso in biblioteca aveva dato un frutto. La signora Franca, bibliotecaria, il giorno prima della nascita di Michele telefonò a Licia. Parlava sottovoce, come sempre, anche quando chiamava dal suo ufficio, a porta chiusa: probabilmente aveva preso l'abitudine in sala di lettura.

– C'è una richiesta per il Coro, Licia, – disse, dopo aver chiesto e ricevuto notizie su Arianna. – Una signora del Senegal, molto gentile, col suo bambino, che si chiama Mamore.

– Benissimo! Grazie, signora Franca! – rispose Licia. – Mamore, che bel nome, come «mio amore»! Quanti anni ha? Il bambino, dico, non la signora.

– Otto o nove, direi. Hanno preso il tuo numero di telefono, ti chiameranno presto.

Licia rimase in attesa, ma quel giorno nessuno chiamò. Il giorno dopo, alle otto e mezzo del mattino, nacque Michele, e la bambina dimenticò del tutto la faccenda.

Nel pomeriggio, appena tornata a casa dalla clinica, dopo aver visto per la prima volta suo fratello, e averlo osservato a lungo, perplessa, strillare nella culla bianca, ancora rossa in faccia per l'emozione, e per quella specie di strano spavento che non la voleva abbandonare, Licia sentí suonare il telefono.

– Pronto! – disse, con troppa energia. Pensava fosse qualche parente o amico che chiedeva notizie della nascita, e voleva esprimere il proprio entusiasmo fin dalla prima parola.

– Pronto? – rispose una voce dolce, dall'accento francese, un po' stupita dall'irruenza della risposta.

– Sí, qui è casa Briganti, – disse Licia con voce piú quieta.

– Posso parlare con Licia? – chiese la voce, con una pronuncia in cui la «c» di «Licia» sembrava una «sc».

– Sono io Licia, mi scusi per prima, – disse la bambina. – Ho risposto forte perché oggi mi è nato un fratellino.

Mentre parlava, capí quanto potesse sembrare strano il suo discorso, e arrossí.

– Ne sono molto contenta, Licia, – disse la voce gentile, senza mostrarsi stupita. – Forse preferisci che ti chiami un'altra volta? Telefono per l'iscrizione al Coro Arlecchino...

– Oh no, no, signora, va benissimo adesso! – disse Licia. – Mi aveva avvisato la signora Franca della biblio... È il bambino che si chiama Mioamore?

Sentí una risata leggera.

– Mamore, – disse poi la donna. – Io sono la sua mamma. Cosa bisogna fare? Penso che ci sia una prova, per essere presi, o qualcosa di simile...

– No, cioè, sí, ci sono le prove... Ma prima volevo dirle, signora, che questa faccenda del Coro non è fatta da noi bambini, cioè noi siamo il Coro, ma il Coro lo dirige mia mamma, che però adesso ha avuto il bambino, cosí le prove le fa la signora Pinziani, che è bravissima...

Licia si sentí diventare rossa un'altra volta, rendendosi conto della confusione del suo discorso.

– Sí, grazie, me lo ha spiegato la signora della biblioteca, – disse la voce straniera. – Se mi dici per favore dove fate le prove, e l'orario della prossima, ci verremo.

– Certo! – disse Licia, mentre il telefono mandava il suono di chiamata in arrivo. Decise di non farsi prendere dall'ansia, e dettò con calma l'indirizzo della casa della signora Pinziani.

– Grazie, Licia, arrivederci, e... molti auguri per il tuo fratellino. È il primo?

– Il primissimo, – rispose Licia, e poi fece una smorfia, come quando assaggiava la birra di papà.

– Ciao ancora, – disse la voce dall'accento francese, e si sentí un *clic*.

Licia tenne per un attimo la cornetta sollevata, presa da uno strano pensiero.

Le voci non hanno colore. Cioè, hanno molti colori, quelli di tipo musicale, eccetera, ma non colori come quelli della pelle.

Se per esempio, pensava Licia, avesse dovuto dare un colore alla voce della mamma di Mamore, avrebbe scelto una bellissima tinta a metà fra l'azzurro e il viola...

L'umore della signora

L'umore della signora Ubaldi era cambiato, negli ultimi mesi. Da qualche tempo peggiorava piú velocemente, settimana dopo settimana, quasi di giorno in giorno.

– È una brutta malattia, – spiegò un giorno Mercedes alla figlia, dopo che la signora si era comportata in modo stranamente brusco con lei. – Una brutta e lenta malattia del cervello, che prende certe persone anziane. Cambia il loro carattere, le confonde, le fa diventare paurose...

– Come si chiama?

– Morbo di Alzheimer, – rispose Mercedes, e diede alla figlia altre spiegazioni. Un paio di mesi prima aveva fatto un corso d'informazione medica sui problemi degli anziani, per affrontare meglio le difficoltà del suo lavoro.

Micaela ascoltava, con la fronte corrugata. Le cose che stavano accadendo alla signora Ubaldi la spaventavano. La spaventava vedere come una persona gentile e dolce diventasse, ogni giorno di piú, sgarbata e dura.

La spaventavano anche la confusione nei discorsi della signora, lo stordimento in cui a volte cadeva, la distrazione totale, l'incapacità di ricordare, la tendenza a non riconoscere.

– Bisogna mandare via quella bambina, – disse una mattina la signora Ubaldi a Mercedes, mentre faceva colazione. – Quella che sta di là a leggere i libri. Chi le ha detto di venire qui?

Mercedes ricordò pazientemente alla vecchia che quella bambina era Micaela, sua figlia, e che abitava in quella casa da due anni, ormai.

– Le ha raccontato e letto tante storie sul divano, non ricorda, Letizia? – disse Mercedes, chiamando per nome la signora, come faceva da sempre.

– Micaela, tua figlia, che carina! – disse la signora Ubaldi, come svegliandosi all'improvviso da un sogno. – È molto brava anche a scuola, vero?

Le cose andavano a quel modo, nella mente della signora Ubaldi: c'erano momenti senza memoria e momenti di ricordo. Momenti di tenerezza e momenti di aggressività. Presenza e assenza, sorriso e smorfia.

Micaela, guardando gli occhi della vecchia che a volte si fissavano nell'aria e si vuotavano di ogni espressione, sentiva il cuore mettersi a battere, impaurito.

Le letture a due sul divano si erano interrotte due mesi prima, quando la signora aveva cominciato a infastidirsi di quelle righe di parole troppo fitte sulle pagine: faticose da leggere e persino da guardare.

Nei primi tempi del peggioramento era rimasta seduta col libro sulle ginocchia, guardando la finestra, mentre Micaela, seduta accanto a lei, sfogliava il libro con la mano sinistra, e leggeva la storia da sola. A volte Micaela leggeva a voce alta, mentre la signora annuiva lentamente, come se riconoscesse qualcosa che aveva dimenticato, oppure soltanto le piacesse ascoltare il suono della sua voce. Non si poteva essere mai sicuri che ascoltasse davvero, o si perdesse in pensieri, o nel vuoto.

Poi le letture erano finite. I libri non passavano piú per il divano della sala: andavano e tornavano direttamente dalla libreria alla camera di Micaela, perché la signora Ubaldi, per buona parte del giorno, aveva la testa da qualche altra parte.

Propaganda Tour

Tutte le maestre (maestri maschi non ce n'era nemmeno uno in tutta la scuola) avevano accettato la proposta del Comitato, tranne la maestra Curioni, della quarta C.

Nel giorno stabilito, che era un giovedí, il Coro Arlecchino, per ora composto di soli sette coristi, di cui solo uno non italiano, fece il giro di tutte le classi del secondo ciclo a scopo di propaganda per l'arruolamento di nuovi coristi.

L'intervento, che era stato provato accuratamente, durava soltanto dieci minuti in ogni classe. Licia faceva, innanzitutto, un brevissimo discorso, in cui chiariva che si cercavano solo bambini non italiani, perché il Coro Arlecchino era il Coro Arlecchino, e ormai di bambini italiani ce n'erano abbastanza.

Poi Lorenzo si metteva davanti al Coro, e dirigeva. In realtà dava solo il tempo, perché ormai sapevano *El grileto e la formicola* a memoria, e non c'era bisogno di segnali per gli attacchi.

La canzone durava poco meno di due minuti. Le classi ascoltavano in assoluto silenzio, e poi battevano le mani freneticamente.

Alla fine dell'applauso, Licia, rossa in faccia, faceva il suo discorso, anche quello, come il primo, completamente imparato a memoria:

– Siamo molto contenti che la canzone vi sia piaciuta. Ringraziamo tutti, e la maestra, per l'ospitalità. Se qualche bambino non italiano, o italiano di origine straniera, vuole entrare nel Coro Arlecchino, lascio alla maestra un foglietto con il mio numero, e anche l'indirizzo e-mail, oppure può parlare direttamente con me, o con gli altri del Coro, in qualsiasi momento.

Di solito, seguiva un altro applauso, tranne che in quarta B, dove un certo Alessio, dopo il discorso finale di Licia, disse ad alta voce:

– Io non sono d'accordo!

La maestra Filanti, sospirando, disse:

– Con cosa non sei d'accordo, Alessio?

Il bambino era figlio di un consigliere comunale ostile agli immigrati.

– Non sono d'accordo che in questo coro ci possono andare solo i bambini stranieri, – disse il bambino.

– Ci possano, – disse la maestra, sospirando.

– Non sono d'accordo lo stesso, – dichiarò Alessio.

Licia intervenne:

– Ma io vi ho già spiegato perché. L'idea è che il Coro Arlecchino canterà canzoni di tutto il mondo, soprattutto delle nazioni da dove vengono i bambini. Siccome il Coro non potrà avere piú di trenta bambini, visto che gli italiani sono già un certo numero, abbiamo pensato di cercare gli altri.

– Cosí poi canterete solo le canzoni straniere! – protestò Alessio.

– Le canzoni non hanno mica il passaporto! – intervenne Cosimo, sfregandosi il naso innervosito.

– Invece canteremo anche canzoni italiane, e anche canzoni con i dialetti. La canzone di poco fa, per esempio, non è in lingua italiana, ma veneta, – disse Lara.

– Appunto, ce ne sono un bel po' di canzoni venete da cantare, senza andare a cercare quelle dei negri! – disse Alessio a voce alta.

Due o tre, nella classe, fecero cenni d'assenso verso di lui, sollevando il pollice come i piloti nei film americani.

– Alessio, cosí non va proprio, – intervenne la maestra, con voce severa. – O discuti in modo corretto, senza parole e toni offensivi, o resti in silenzio.

– Le canzoni degli africani, volevo dire! – disse Alessio, in tono di finta scusa.

– Io sono del Senegal, però ho vissuto a Parigi sei anni, e adesso vivo qui, –

disse a quel punto Mamore, in tono pacato. – In Senegal sono stato solo due mesi, appena nato, anche se ci voglio tornare, perché è la terra dei miei nonni e dei miei genitori.

Per partecipare al tour di propaganda nella scuola di Licia, Mamore e Lorenzo avevano chiesto un permesso alle loro scuole, che stavano in un'altra parte della città.

– Ci sono piú Stati nell'Africa che regioni in Italia, non lo sai? – disse Cosimo, anche se non sapeva se la cosa aveva qualche importanza, riguardo alla questione in corso.

– E allora? – ribatté Alessio.

Nella quarta B, insomma, il tour di propaganda del Coro Arlecchino provocò una protesta, una discussione, un incidente, che finí in modo piuttosto confuso.

La maestra Curioni, della quarta C, che era vicina alla quarta B, sentendo il rumore della disputa, fece una smorfia maliziosa, come se avesse previsto la cosa.

Nell'intervallo, però, i primi che vennero a parlare con Licia per entrare nel Coro Arlecchino erano proprio della quarta B: Mahmud, un ragazzino magro, nato in Italia da genitori marocchini, e Tania, arrivata dall'Ucraina da due anni e mezzo.

– Sono contenta di entrare nel Coro, – disse Tania. – Sono sicura che mia mamma me lo lascerà fare, anche perché pure lei cantava in un coro, da piccola. Cosí mi passerà un po' la rabbia per le cose che dice Alessio in classe.

Mahmud faceva cenno di sí, alzando e abbassando la testa.

Il furto

– Quella ragazzina scura, seduta di là, mi ha rubato la collana di granati! Bisogna mandarla via, subito! Chiama la polizia! – gridò un pomeriggio la signora Ubaldi, con voce impaurita e arrabbiata insieme, facendo sussultare Mercedes, che stirava vicino a lei.

Micaela, che stava facendo i compiti in cucina, sentí quelle parole, e sentí il gelo nella schiena. Si mise a piangere, in silenzio, e Mercedes, venuta a vedere come stava, capí che era arrivato il momento di trovare una soluzione. Oltre a disturbare la malata con la sua presenza, la bambina soffriva molto per la trasformazione e l'aggressività della vecchia. La signora Ubaldi ormai non la riconosceva piú: sembrava addirittura averne paura, come se si sentisse minacciata da lei.

Mercedes telefonò subito ai figli della malata: il loro consiglio fu di avere pazienza, e di chiedere a Micaela di farsi vedere il meno possibile. A Mercedes, però, quella non sembrava una soluzione soddisfacente per nessuna delle due.

– Ecco qui la sua collana, Letizia, – disse poco dopo, mettendo fra le mani malferme della signora Ubaldi la lunga e pesante fila di granati rosso scuro che era andata a prendere nel cassetto della camera dove era sempre stata. – Nessuno l'ha rubata, vede? La prenda, la tenga in mano, senta come sono fredde le pietre! I granati non si scaldano mai. Al mio Paese si dice che hanno dentro il freddo dell'inverno...

La malata prese la collana, la guardò e cominciò a fare scorrere le pietre rossastre e luccicanti a una a una, come se recitasse mentalmente un lunghissimo rosario.

Mercedes quella sera telefonò a Dolores, un'amica peruviana che viveva in città, per chiederle se poteva ospitare per qualche tempo Micaela. Non aveva bisogno di raccontare quello che stava accadendo alla signora Ubaldi, perché anche Dolores aveva assistito, anni prima, una persona malata di Alzheimer, e conosceva la situazione.

– Non c'è problema, Mercedes, – disse l'amica, che viveva con una figlia di dodici anni. – Asunción vuole bene a Micaela, e si faranno compagnia in camera. Potrà anche accompagnarla il mattino, perché le scuole sono vicine.

Mercedes disse a Micaela che dal giorno dopo sarebbe andata a stare a casa di Dolores e Asunción. Glielo disse in tono calmo, ma facendole capire che la decisione era presa, e che era la cosa migliore da fare.

– Posso portare qualche libro di qui a casa di Dolores? – chiese Micaela, dopo un silenzio.

– Penso di sí, – rispose la madre.

– Uno o due alla volta, e quando li hai letti li riporti qui.

– Ce ne sono anche per ragazzi grandi, ho visto. Potrei portarne qualcuno per Asunción, – disse la bambina. – Anche a lei piace leggere. Magari qualcuno lo leggiamo insieme.

– È una buona idea, Miguelita, – disse Mercedes con un sospiro lungo, di quelli che faceva quando era molto stanca, o quando sentiva piú del solito il peso della vita.

La nuova sede

Oltre a Mahmud e Tania, il tour di propaganda nelle classi aveva procurato al Coro Arlecchino altri due bambini: Angela, un'argentina di sette anni, però bionda come una svedese, e Omar, di otto anni, figlio del console egiziano della città.

Ora che i coristi erano undici, le prove a casa della signora Pinziani non si potevano piú fare. Marianna, a malincuore, aveva accettato di spostarsi nella biblioteca.

Un giovedí pomeriggio alle sedici, giorno e ora scelti per la prova nella nuova sede, gli undici coristi, accompagnati dalle mamme e da qualche papà, si trovarono davanti alla biblioteca, insieme alla signora Pinziani, arrivata con venti minuti d'anticipo.

C'era anche Arianna, che aveva affidato il piccolo Michele per un paio d'ore a sua madre Vera.

Vera, vedova da sette anni, abitava dall'altra parte della città, ma per vedere e assistere Michele si muoveva agilmente con la sua vecchia auto, come aveva fatto per tutti i nipotini, figli di Arianna e delle altre due figlie: otto in totale, cinque femmine e tre maschi.

«Nonna Vera, vera nonna!» scherzava a volte Licia, facendola sorridere. Contrariamente a Marianna Pinziani, sua amica, la nonna di Licia non aveva il riso facile, ma quando sorrideva la sua faccia si trasformava completamente.

«Quando sorridi, nonna, sembri proprio felice», aveva detto Licia una volta, seria seria.

Non era la prima volta che il Coro Arlecchino vedeva la sua futura direttrice. Arianna era già andata a due prove: la prima, qualche giorno prima del parto, e una un mese dopo la nascita di Michele. Soltanto Angela e Omar, gli ultimi arrivati, non la conoscevano.

Le mamme e i papà che accompagnavano i bambini un po' si conoscevano e un po' no, ma trovarono subito molte cose da dirsi, seduti al Caffè Marconi, proprio di fronte alla biblioteca, mentre Arianna, il Coro e la signora Pinziani prendevano visione della nuova sede, guidati dalla bibliotecaria.

– Cos'hai in quella sporta, Marianna? – chiese Arianna alla signora Pinziani, che era amica di sua madre da moltissimi anni, e conosceva la mamma di Licia da quando era nata.

– Sostanze alimentari, cara... – disse l'ex cantante, strizzando l'occhio. – Non vedo perché il cambio di sede dovrebbe farci perdere le nostre buone abitudini...

– Sono assolutamente d'accordo! – disse Cosimo, e tutti scoppiarono a ridere.

I bambini erano molto eccitati. La signora Franca li portò a visitare tutta la biblioteca, dove il silenzio e la solennità delle sale di lettura li calmarono un poco. Poi, attraversato un cortiletto pavimentato di una ghiaia sottile che scricchiolava sotto le scarpe, la bibliotecaria li accompagnò nel locale delle prove, che piacque a tutti.

Era una sala antica, vasta, alta, dal soffitto bombato interamente affrescato con grandi scene di caccia. Tranne Licia, Cosimo e Lorenzo, che erano venuti lí parecchie volte a sentire dei concerti con i genitori, gli altri bambini del Coro non erano mai entrati in quel locale. Rimasero a lungo a faccia in su, con la bocca aperta, guardando le figure di uomini armati e degli animali in fuga, tutti piú o meno trafitti da frecce, e delle belle ninfe spaventate dipinte sul soffitto.

C'erano, alle pareti della sala, molti specchi, cornici e stucchi, e una sonorità particolare, che la rendeva molto adatta alla musica, o al canto.

– Bene, – disse Arianna dopo la fase dell'ammirazione. – Sentiamo che effetto fa, qui dentro, la voce del Coro Arlecchino...

I bambini, in silenzio, con molta serietà, presero posizione. La signora Pinziani aspettava davanti a loro, compunta ed emozionata come se quella semplice prova fosse un concorso nazionale.

Quando tutti furono pronti, Marianna alzò entrambe le braccia, e diede il segnale.

La grande sala dipinta di cacce si riempí di suono.

Arianna, seduta a metà sala, in mezzo a un centinaio di sedie vuote, chiuse gli occhi, inspirando profondamente.

Alla porta del salone, con una pila di libri sulle braccia, si affacciò in quel momento la signora Corsini, un'impiegata della biblioteca, e rimase ad ascoltare, immobile e incantata come le ninfe dipinte sul soffitto.

Il problema Samuele

Il Coro Arlecchino aveva già fatto il giro completo delle classi della scuola, tranne la quarta C, perché la maestra Curioni non aveva voluto.

Il tour di propaganda aveva avuto un buon successo: altri sette bambini stranieri, dopo quelle visite, avevano contattato Licia per entrare nel Coro Arlecchino: quattro bambine e tre bambini. Oltre Mahmud e Tania della quarta B, la classe in cui il Coro era stato contestato da Alessio, e Angela e Omar, si erano aggiunti nei giorni seguenti Oliver, della terza A, un irlandese dalla faccia piena di lentiggini, Fatima, una bambina palestinese della quarta A, e Charito, una filippina della terza C.

Restava il problema della quarta C.

«Ho già abbastanza problemi, nella mia classe», aveva detto la maestra Curioni, quando le avevano proposto la visita.

«Sono solo dieci minuti, maestra, – aveva insistito Licia. – Nelle altre classi è andato tutto benissimo».

«Tranne che in quarta B, mi sembra... – aveva notato la maestra Curioni. – Ho sentito la gran discussione che avete scatenato».

«Però poi due bambini della quarta B sono entrati nel Coro, e adesso sono contenti», aveva insistito Licia.

«Ognuno ha i suoi problemi, Licia, – aveva concluso la maestra Curioni. – Io ho i miei. E c'è Samuele. Chi me lo terrebbe, Samuele, se venisse in classe un gruppo di bambini sconosciuti a cantare?»

Samuele era un bambino con grossi problemi. Non comunicava con gli altri, né con i compagni, né con la maestra. Viveva in un mondo separato, silenzioso e scontroso, da cui usciva qualche volta all'improvviso, in modo brusco, a volte violento, con crisi di agitazione e lamenti scomposti. Quando in classe accadeva qualcosa di strano, di nuovo, la sua inquietudine aumentava, e Samuele cominciava a lanciare suoni scomposti, allucinati.

Quelli della quarta C erano abituati a lui, e non erano troppo disturbati dai suoi comportamenti, che avevano imparato a riconoscere e a prevedere. Gli volevano anche bene, in qualche modo.

– Però è un peccato non andare in quarta C! – disse Licia durante una prova. – Ci sono almeno otto bambini stranieri, in quella classe...

– Se la loro maestra non vuole, non vuole, – osservò Cosimo, che per carattere preferiva evitare le difficoltà piuttosto che affrontarle.

– Perché non ci andiamo prima? – disse Tania.

– Prima quando? – chiese Licia.

– Prima. Quando i bambini sono in classe, all'entrata, e la maestra non c'è ancora.

– No, non si può! – obiettò Cosimo. – Non si può entrare in una classe, se la maestra non vuole!

– Non si può durante la lezione, – disse Licia con la sua espressione truffaldina. – Ma nessuno può proibire a dei bambini di andare a trovare i compagni in un'altra classe, qualche minuto prima della lezione...

– Ma Samuele? – obiettò Cosimo.

– Samuele, vedremo... – disse Licia. – Non è poi mica un orco, Samuele.

– Dài, andiamoci domattina! – disse Lara.

– Siete d'accordo? – disse Licia.

Tutti approvarono, compreso Cosimo, che non amava non essere d'accordo.

– Io però non posso, – annunciò Mamore. – Non faccio in tempo a chiedere il permesso alla mia scuola, come l'altra volta.

– Non importa, ce la caveremo, – disse Licia con il tono dei capitani dei film, quando incoraggiano i loro uomini. – Ormai siamo un Coro, no?

– Bellissima idea, Tania! – esclamò Charito, battendo le mani.

Charito era una bambina piccola. Aveva tutto piccolo: statura piccola, mani piccole, testa piccola, piedi piccoli, bocca piccola. Ma aveva un sorriso molto grande.

Peggioramenti

La signora Ubaldi peggiorava. Se ne stava ormai tutto il giorno seduta in sala, a guardare davanti a sé. Non parlava quasi piú, e quando lo faceva diceva cose senza senso, con frasi che erano già a metà quando cominciavano, come se avesse pronunciato la prima parte nel pensiero. Non usciva piú di casa, e cosí faceva Mercedes, che dunque aveva difficoltà a stare qualche ora con Micaela, per non parlare di amici o distrazioni.

Micaela abitava a casa di Dolores, e leggeva i libri che aveva portato, ma li leggeva da sola, perché Asunción aveva per la testa altre cose. In pochi mesi la ragazzina era cambiata: se fino a poco tempo prima giocava con Micaela mentre le mamme parlavano in cucina, ora sfogliava soltanto giornali pieni di indossatrici e giovanotti muscolosi, e si dipingeva le unghie delle mani e dei piedi di colori strani.

Voleva bene a Micaela, e qualche volta l'aiutava nei compiti, ma si vedeva che non era interessata a parlare con lei. Da certi discorsi, certe telefonate di parole fitte fitte ad amiche, la bambina aveva capito che Asunción era innamorata di un tale Pito, un ragazzo colombiano di tredici anni con i capelli dritti sulla testa come la cresta di un gallo nero. L'aveva visto dalla finestra un paio di volte, che aspettava fuori casa Asunción.

– Non posso tornare da te, *mamita*? – disse Micaela a Mercedes dopo la prima settimana. – Starò tutto il giorno in camera, cosí la signora non si accorgerà di me.

– No, mi spiace, piccola, – rispose Mercedes. – L'ho chiesto ai figli della signora, ma adesso non vogliono piú, dicono che deve stare il piú tranquilla possibile. Va proprio cosí male, con Asunción?

– No, non va tanto male, mamma. Però mi sento un po' sola.

– Le cose cambieranno presto, Micaela. I figli della signora stanno decidendo di metterla in una casa di riposo, per le cure e l'assistenza. Secondo me sbagliano, perché là dentro peggiorerà piú in fretta. Io so come vanno a finire queste faccende.

– Ma se la mandano là, mamma, cosa succede a noi?

– Sto cercando di farmi prendere in una cooperativa, per lavorare alla Casa Anni Azzurri, per le pulizie, e anche per l'assistenza. È una casa di riposo appena fuori della città, però non quella dove andrebbe la signora.

– Ma se lei va via, mamma, noi dove andiamo ad abitare?

– Se lei va via, tu resti da Dolores finché non trovo un appartamento in affitto, fuori città, poi torni con me, e stiamo insieme tutto il tempo.

– Ma tu dove starai, prima di trovare l'affitto? Perché non vieni anche tu da Dolores?

– No, lí è troppo piccolo, e ci sei già tu. Io torno da Consuelo, per un po', ma per poco tempo, vedrai. C'è un amico che mi aiuta a cercare per l'affitto nel quartiere San Giorgio, e troveremo in fretta. Forse lí avrai una stanza per te.

Micaela sapeva che c'era un amico, negli ultimi tempi, che aiutava la mamma a fare le cose. Aveva anche capito che quell'amico l'aiutava a essere un po' meno sola, anche se si vedevano pochissimo, perché Mercedes era sempre dalla signora Ubaldi, e il poco tempo libero lo passava con lei, da Dolores o in giro. Aveva capito che quell'amico non era un semplice amico della mamma.

Sapeva che si chiamava Luciano, che era dell'Ecuador, e lavorava nei trasporti. Però Micaela non faceva domande a sua madre, perché sentiva che Mercedes non ne voleva ancora parlare.

– Non è vero che mi sento sola, da Dolores, mamma, – disse la bambina due giorni dopo quella conversazione, al momento di salutare Mercedes. – È successo solo poche volte. Ho tantissimo tempo per leggere, anche piú di prima. Asunción è brava, e mi aiuta quasi sempre a fare i compiti. E la televisione funziona benissimo. Insomma, non è che devi sempre venire a prendermi, quando hai un po' di tempo libero. Magari puoi stare un po' in giro con Consuelo, o gli amici.

Mercedes prese un lungo respiro, poi, in silenzio, mise il braccio attorno alle spalle della figlia e la baciò tre volte sui capelli, ricci e scuri come i suoi.

Il piccolo Michele, pur facendo quello che ogni bambino nato da poco di solito fa, si mostrava piuttosto conciliante con Arianna, Franco e Licia. Non li teneva troppo a lungo svegli di notte, non li spaventava troppo spesso con pianti improvvisi, non aveva comportamenti troppo strani o preoccupanti.

– Sarà un buon compagnone, Michele: un buon amico dei suoi amici, – disse guardandolo muovere braccia e mani nella culla Ludovica, un'amica di Arianna che faceva la psicomotricista a Roma, ed era venuta a vedere il nuovo nato. – Sarà uno che pensa bene, che decide prima di fare le cose.

Come facesse Ludovica a capire tutto quel futuro guardando un bambino di un mese e mezzo che si agitava nella culla, Licia non riusciva proprio a capirlo. Ma siccome erano moltissime le cose di questo mondo che non capiva, non si stupiva troppo.

Arianna, comunque, stava bene, riprendeva forze e voglia di fare. Con il bambino, o senza, si faceva vedere sempre piú spesso al Coro Arlecchino. Non si fermava per l'intera durata della prova, però mai meno di mezz'ora. Licia, che la conosceva, notava nella sua faccia, durante il canto, piccole espressioni di contentezza, o d'insoddisfazione.

Arianna non diceva mai niente alla signora Pinziani, ma Licia sapeva che, sotto la direzione di sua madre, parecchie cose sarebbero cambiate per il Coro Arlecchino.

– Ti ricordi di quella ballata, Licia? – disse un giorno Arianna mentre tornavano a casa.

Era andata a prendere la figlia alla

prova, lasciando Michele al papà, che quel giorno non lavorava. Tornavano a casa piano piano, godendosi il cammino, l'aria fresca, l'ora tranquilla, la mancanza di fretta, e il piacere di essere insieme.

– Quale ballata? – chiese Licia.

– Quella della tua compagna di classe sudamericana, che mi hai dato un paio di mesi fa.

– Ah sí, la ballata di Micaela Bastidas!

Micaela aveva mantenuto la parola data a Licia quando avevano parlato della ballata durante l'intervallo a scuola: il giorno dopo, sempre nell'intervallo, le aveva consegnato in modo misterioso un foglio piegato in quattro, con il testo della canzone scritto a mano in bella grafia. Il testo era scritto in spagnolo, e anche in italiano. Licia aveva ringraziato, l'aveva letto, nel pomeriggio l'aveva consegnato alla madre, e poi non ci aveva piú pensato.

– L'ho armonizzata ieri, – disse Arianna.

Licia sapeva cos'è un'armonizzazione: la scrittura a diverse voci di un brano musicale, per farlo cantare da un coro. Sapeva che c'erano le armonizzazioni a quattro voci, per i cori dei grandi, e quelle a tre, o due voci, per i cori dei piccoli.

– Come ti è venuta? – chiese.

– Bene, mi sembra, – rispose Arianna, che ricominciava a concedersi gioie

e fatiche diverse da quelle date dal piccolo Michele. – Piuttosto bene, direi.

Licia sapeva che, quando la mamma era contenta di ciò che aveva fatto, si trattava di qualcosa di valore.

– Allora la canteremo? – chiese, fermandosi e alzando la faccia verso la madre.

– Sí, sarà il primo brano che imparerete con me, – disse Arianna, sfiorando con le dita il lobo dell'orecchia della bambina, una carezza che avveniva spesso, durante le loro conversazioni. – Ora che vi ho sentiti cantare, credo che verrà bene. È un pezzo molto adatto alle vostre voci. Però non dirlo ancora agli altri, capito? Le cose funzionano meglio se sono delle novità...

– Capito, mamma, – disse Licia. – Ma la canteremo in spagnolo o in italiano?

– In spagnolo. In spagnolo è molto piú forte, – rispose Arianna.

Ci fu una pausa abbastanza lunga di cammino e di pensiero.

– Quando cominci a dirigere il Coro,

mamma? – chiese Licia all'improvviso, con un tono lievemente lamentoso nella voce.

Da tempo voleva fare quella domanda, ma non l'aveva mai fatta, perché le sembrava che la madre fosse ancora troppo occupata, troppo presa dal nuovo bambino. Ma il nuovo bambino non poteva mica fermare il mondo. Le sembrava anche che fare quella domanda fosse come dire che non le piaceva la direzione della signora Pinziani.

– Fra una settimana o due, al massimo, Licia, – rispose Arianna.

Andarono avanti insieme per un po', tacendo.

Licia, qualche volta, cercava di fare il passo lungo come quello della mamma, poi rinunciava, accelerando per non restare indietro.

– La signora Pinziani sarà un po' triste? – disse.

– Be', era tutto nei patti che abbiamo stabilito mesi fa, – osservò subito la mamma, come se stesse pensando proprio a quello. – Eravamo d'accordo fin dal principio. Le ho chiesto di rimanere con noi, comunque, e di prendersi cura dei coristi nuovi, a mano a mano che si aggiungono, facendo prove preliminari con loro e con voi. È la cosa che le riesce meglio.

– Mi sembra una buona idea, mamma, – disse Licia, solenne.

Si sentiva importante. Giocò a sentirsi non la figlia, ma un'amica con cui Arianna avesse discusso qualcosa, prima di prendere un'importante decisione.

Il concerto proibito

Sembrava una cospirazione.

Quelli del Coro Arlecchino, tranne Lorenzo e Mamore che non c'erano, si liberarono piú in fretta del solito di zaini e giacconi, e si mossero in ordine sparso, provenendo dalle loro classi, verso la porta della quarta C.

Fingendo di essere lí per caso, si tenevano tutti d'occhio, pronti a entrare in azione.

Mancavano cinque minuti all'inizio delle lezioni, ma i bambini della quarta C erano già tutti in classe, compreso Samuele, che stava al suo posto come al solito, a faccia abbassata, assente.

La maestra Curioni era già in vista, in fondo al corridoio, ma era ferma a parlare con la maestra Marta e con Letizia, maestra di sostegno di Samuele.

La maestra Marta, amica di Arianna e Licia e componente del gruppo riunito per organizzare il Coro, molti mesi prima, era stata pregata da Licia di intrattenere un po' la maestra Curioni in corridoio, quel mattino, e ci stava riuscendo benissimo. Le maestre avevano sempre un sacco di cose su cui discutere.

A un cenno di Licia, quelli del Coro Arlecchino entrarono tutti insieme nella classe. Erano dodici, e la piccola invasione colse di sorpresa quelli della quarta C, che rimasero stupiti, immobili, con l'eccitante sensazione che stesse per succedere qualcosa di insolito.

Metà dei bambini, senza sapere cosa fare, sedette al proprio posto, gli altri restarono in piedi accanto al banco.

Samuele, come se un peso si fosse improvvisamente appoggiato sulle sue spalle, abbassò di una decina di centimetri il busto e voltò la testa di fianco, lasciando uscire dalla bocca un leggero lamento, un suono d'inquietudine.

Il Coro Arlecchino prese rapidamente posizione nello spazio tra la cattedra e la prima fila di banchi, che nella quarta C erano messi ancora a quella maniera, mentre in quasi tutte le altre classi erano a ferro di cavallo, o a gruppi di quattro.

Licia aveva deciso di accorciare al minimo il discorso iniziale. A voce alta, quasi gracchiante per l'emozione, annunciò:

– Siamo il Coro Arlecchino, e cerchiamo bambini stranieri per cantare.

Samuele chinò ancor di piú il busto verso il banco, quasi appoggiando la guancia sul legno, e alzò di un poco il volume del suo lamento.

Licia, col cuore che batteva forte, tornò accanto a Lara, e mosse su e giú la testa tre volte, per dare il ritmo.

Il Coro cominciò a cantare.

Cantò la ninnananna, perché aveva deciso che, ascoltando quella, forse, Samuele si sarebbe eccitato o spaventato di meno.

Ma Samuele non sembrava spaventato, né eccitato. Restava nella sua posizione, la testa girata da una parte, e non mugolava piú.

Il resto dei bambini, sopraffatto dall'avvenimento, ascoltava in silenzio. La metà dei bambini sorrideva.

Sulla porta apparve di colpo la maestra Curioni, con un'espressione preoccupata, e dietro di lei la maestra Letizia: ma non entrarono in classe, perché si accorsero che niente di pericoloso o minaccioso stava accadendo, nella quarta C.

Il Coro cantava. I bambini ascoltavano, metà classe sorridendo, tutti imbarazzati ma attenti.

Anche Samuele ascoltava, e lentamente raddrizzava il busto, riportando la faccia avanti, come nei suoi momenti di interesse e attenzione.

Il Coro proseguiva la ninnananna, un pezzo delicato della tradizione pugliese.

Dormi, dormi, che c'è la luna,
c'è la luna silenziosa,
dormi, dormi, mia piccolina,
dormi, piccola, e riposa...

E poi accadde qualcosa di strano.

Samuele, che non lasciava mai il banco, se non accompagnato da Letizia, si alzò, e guardando dritto davanti a sé si avvicinò al Coro, sfregandosi dolcemente i fianchi con le mani. Arrivato davanti a Licia, che continuava a cantare sebbene il cuore le stesse per scoppiare per l'emozione, il bambino alzò la mano e la tenne aperta davanti alla bocca di lei, a una ventina centimetri, come se volesse sentirne il fiato, o toccarne il canto. Poi, lentamente, quasi gli costasse fatica, si mise accanto a Licia, e rimase fermo, guardando davanti a sé, nello spazio della classe, continuando in quelle sue strane, ritmiche carezze ai fianchi.

Era la prima volta, in quattro anni di scuola, che Samuele si avvicinava spontaneamente a qualcuno, con tranquillità, mostrando, a quel suo modo, piacere e interesse.

Le due maestre, rosse in faccia per l'emozione, guardavano il Coro cantare, e Samuele che faceva la sua danza.

Anche l'altra metà della quarta C, ora, sorrideva.

Due tipi di prova

Il Coro Arlecchino faceva ormai regolarmente due prove alla settimana: una con Marianna Pinziani, dedicata all'inserimento dei nuovi coristi: si ripetevano i giochi vocali e musicali, si insegnavano loro le canzoni che il Coro cantava, inserendo le voci dei bambini appena arrivati. In quelle prove non veniva insegnato niente che Licia e gli altri cinque fondatori non sapessero. Il gruppo antico funzionava da supporto ed esempio, ma non si annoiava, perché era piacevole fare da guida ai nuovi, e sentire come aggiungessero, sempre piú sicuri, le loro voci a quelle del primo gruppo.

Era bello sentire la voce del Coro Arlecchino irrobustirsi e arricchirsi, a ogni prova, di sfumature.

La seconda prova settimanale, quella diretta da Arianna, era piú impegnativa. Ai bambini vecchi e a quelli appena ingaggiati, la mamma di Licia insegnava nuovi pezzi, e perfezionava quelli noti.

La sua direzione musicale, rispetto a quella della signora Pinziani, era piú esigente, meno giocosa e piú raffinata. Con il suo orecchio da musicista, Arianna era molto attenta alle singole voci: le ascoltava, impostava, guidava e correggeva con piú precisione.

Il piacere del Coro Arlecchino, lentamente, cambiava: dal semplice godimento di cantare tutti insieme, con un gradevole effetto, si trasformava nel piacere di ottenere passaggi espressivi delicati e preziosi. Da allegra banda armonica, il Coro diventava sempre piú, con la direzione di Arianna, uno strumento complesso e ricco, prezioso e potente.

Prima delle prove la maestra faceva

ascoltare ai bambini un brano di violino della durata massima di due minuti. Erano pezzi di musica che non riguardavano le canzoni sulle quali il Coro stava lavorando. Arianna li eseguiva senza nessun discorso, né prima né dopo, senza dire da chi erano stati composti, in quale epoca, e nemmeno quale era il loro titolo. Sedeva, suonava, e basta.

«È per entrare nella musica», aveva detto ai bambini la prima volta, e sia che i bambini entrassero nella musica, sia che semplicemente se lo godessero, quel dono musicale era diventato una tradizione accettata e amata, che rilassava, apriva nel corpo e nella mente spazi, ritmi e suoni diversi, lontani dal parlare e dall'agire quotidiano.

Piú che farli entrare nella musica, quei pochi minuti di violino facevano entrare la musica in loro, come una forma di parola possibile, varia, mobile, emozionante.

Persino Cosimo, che aveva dovuto

abituarsi a quel tipo di prova del tutto priva di dolci e bevande, si era affezionato al suono di violino. Piano piano la sua golosità si era, almeno in parte, trasferita dalla bocca alle orecchie.

Per colpa di Pichurro

Asunción aveva litigato con Pito, il suo innamorato. Si erano lasciati, o almeno cosí sembrava. La ragazza imprecava contro di lui, lo chiamava «quello schifoso Pichurro» con grandissimo disprezzo, sputava per terra, piangeva ed era scorbutica con tutti, anche con Micaela.

«Lasciala stare, Miguí... Girale al largo, – consigliava Dolores, la mamma di Asunción, alla bambina. – Fra una settimana le sarà passato, e presto avremo un altro galletto a cantare *chicchirichí* fuori dalla porta...»

Dolores era l'unica, dopo Eugenia, la nonna materna, a chiamare Micaela col soprannome di Miguí. Mercedes la chiamava Miguelita, o qualche volta, quando le faceva le coccole, «Miguiliguina del mio cuore».

Micaela, però, rimaneva male quando Asunción si voltava dall'altra parte, in camera, piangendo, sospirando, brontolando, e non rispondeva a nessuna delle sue domande. Allora si metteva a leggere un libro portato dalla casa della signora Ubaldi.

Come sempre, leggendo, bisbigliava le parole, per essere sicura di pronunciarle bene.

– Vuoi smettere di confessarti al prete, noiosa, che mi dai fastidio? – le disse bruscamente un giorno Asunción, che da mezz'ora era girata verso il muro a piangere sullo schifoso Pichurro.

Micaela smise, offesa. Sentí le lacrime salirle agli occhi, e una gran voglia di scappare. Però non uscí dalla camera, per non farsi vedere da Dolores, che le avrebbe chiesto cos'era successo, e sapendolo avrebbe fatto una brutta scenata ad Asunción, e cosí Asunción sarebbe stata ancora piú arrabbiata con lei.

Non l'avrebbe detto nemmeno a Mercedes, quella sera, pensò Micaela, proprio nel giorno in cui, per la prima volta da quando lei stava da Dolores, l'aveva lasciata lí nella sua mezza giornata libera, ed era andata in gita al lago con Luciano. E proprio ora che la signora Ubaldi, sempre piú strana e violenta, cominciava a trattare male e rifiutare anche la mamma. Il giorno prima aveva dato a Mercedes, con quattro dita, un graffio cosí forte su un braccio da farla sanguinare.

Micaela aveva visto Luciano da lontano, una settimana prima, in piazza Risorgimento, dove al tramonto si riunivano molti sudamericani a parlare e prendere il fresco. Era un uomo sulla quarantina, grassoccio e placido, con i capelli scuri. Non era bello come Vicente, che Micaela aveva visto in una foto in casa di Luz, a Lima, e non aveva i baffi.

Però, contrariamente a suo padre, Luciano sorrideva.

Le era piaciuto abbastanza, da lontano, ma non aveva voluto avvicinarsi a lui insieme alla mamma.

Dopo la frase violenta di Asunción, Micaela ricacciò indietro le lacrime, chiuse il libro che stava leggendo, prese un foglio, la decina di colori che aveva in una scatola, andò in cucina e si mise a fare un disegno che faceva spesso.

Partendo dal centro del foglio, disegnò una figura piccola, magra e sottile, che era lei. Poi, vicina, in colori arancio-rosati, disegnò una donna che era Mercedes. Micaela era ormai quasi alta come Mercedes, ma nel disegno la madre era almeno il doppio della bambina. Poi disegnò, curva, scura, quasi attorcigliata, la signora Ubaldi. A uno a uno, pensando e decidendo con calma, disegnò poi i parenti e gli amici che aveva, a scuola, a casa, quelli di Lima e quelli in Italia, quelli vivi e quelli morti, quelli veri e quelli immaginari. Una piccola folla di figure di diverse grandezze e colori.

In un angolo del foglio, a sinistra in basso, disegnò un omino che cadeva a testa in giú, a braccia e gambe aperte, da una specie di impalcatura nera.

La ventiduesima figura che disegnò era Micaela Bastidas, con i tre figlioletti vicini che si tenevano per mano, in scala decrescente di grandezza. L'eroina teneva il piú piccolo con una mano, mentre con l'altra reggeva un grosso fucile che aveva la bandiera sventolante del Perú sulla canna.

La ventitreesima figura che Micaela disegnò, con colori azzurri e verdi, era Licia, come fosse un'amica, non una semplice compagna di classe.

– Abbiamo finito la prova mezz'ora prima, perché vorrei parlare con voi di un problema, e magari risolverlo, – disse Arianna.

Il Coro Arlecchino ammutolí.

Non era abituato ad affrontare e risolvere problemi all'improvviso.

– È solo un piccolo problema, – disse Arianna, sorridendo.

Il Coro sospirò. Un piccolo problema fa meno paura di un grosso problema, e anche di un normale problema.

– Che problema è, Arianna? – chiese Cosimo.

– Come ci vestiremo? – chiese rapida Arianna. – Il Coro Arlecchino avrà un suo costume?

Il Coro, dopo un attimo di silenzio, scoppiò in mille parole, opinioni e proposte: ma bastò un cenno di Arianna, come quando dirigeva il canto, per far tornare il silenzio della ragione.

– Con piú ordine, per favore, – disse lei. – Chi ha da dire qualcosa alzi la mano.

La vecchia tecnica di comunicazione funzionava anche lí.

Si alzarono sei o sette mani. Arianna, come dando gli attacchi musicali, indicava uno o l'altro, perché parlassero.

– Silvia?

– Io dico che non dobbiamo avere nessuna divisa!

– Come, tutti vestiti come ci pare?

– Sí, vestiti da bambini!

– Ma non è una divisa, mica siamo dei soldati!

– È un costume.

– Mica facciamo il teatro!

– Nemmeno la guerra!

– La parola con cui si chiama non conta molto, – disse Arianna, calmando gli animi con un altro gesto, e indicando chi aveva la mano alzata. – Lorenzo?

– Qualcosa di uguale addosso io credo che dovremmo averlo, magari non tutto il vestito, – disse il nipote della signora Pinziani, che conosceva parecchi cori, ed era esperto. – Non so, una parte del vestito, un segno...

– Tania?

– Siamo il Coro Arlecchino, perché non ci vestiamo da Arlecchino?

– Bello!

– Ma come?

– Tutti con un costume da Arlecchino.

– Ma dài, che confusione!

– Perché, confusione?

– Sentiamo Marianna, – disse la maestra, indicando l'ex cantante, che seguiva tutte le prove, seduta e silenziosa. In quella circostanza aveva deciso di intervenire direttamente.

– Voglio raccontare la mia esperienza, signori e signore, – disse con scherzosa solennità. – Una volta, quasi cinquant'anni fa, ho cantato in uno spettacolo a San Pietroburgo, che allora si chiamava Leningrado, in Russia. C'era un regista completamente pazzo, benché dicesse di essersi innamorato di me nel primo secondo in cui mi aveva vista. Si chiamava Aleksej Ramirov Pratikoff, e oltre che regista era anche scenografo e costumista. Ebbene, costui vestí da Arlecchino quarantacinque ballerini. Be', vi assicuro che era uno strazio, un assoluto strazio: non si vedevano i colori, ma solo un'immensa confusione, un insopportabile pasticcio. Faceva venire il capogiro, il mal di mare, la nausea!

Alla fine della risata che seguí il racconto, Arianna riprese a dirigere il dibattito.

– Mahmud?

– Potremmo vestire tutti un colore solo, per esempio... no, il nero no, perché è triste, magari un colore piú allegro.

– Tutti rossi, come diavoli!

– Sí, dài!

– Tutti bianchi, come degli infermieri!
– Oliver?
– Ho una specie di idea...
– Sentiamo.
– Parte sempre dal fatto del Coro Arlecchino, ma non come diceva Tania. Cioè, il Coro Arlecchino non è fatto da tanti Arlecchini, ma è un Arlecchino lui...
– Cioè?
– E allora?
– Cosa cambia?
– Lasciatelo finire, per favore...
– Volevo dire, tanti colori, sí, ma un colore per ciascuno. Come un solo costume di Arlecchino, fatto da tutto il Coro.

Il Coro Arlecchino tacque, interessato, immaginando.
– Vuoi dire che ognuno sarebbe vestito di un solo colore, diverso da quello degli altri? – chiese Arianna.
– Sí, proprio cosí.
– Idea grande!

– Cosí di Arlecchino ce n'è uno solo, il Coro!

– Giusto!

– Grande!

– E non c'è la confusione dello spettacolo di Leninburgo!

– Leningrado, non Leninburgo!

– Sarebbe come un accordo musicale, vero Arianna?

– Che ne dici, Arianna?

– Tu che ne dici, Marianna? – disse Arianna, rilanciando la domanda che le era stata rivolta da Lara alla signora Pinziani, che si era presa, in realtà, l'incarico di provvedere ai costumi del Coro.

L'ex cantante disse:

– Si può davvero lavorare bene, su questa idea... Un bel lavoro tinta su tinta...

– Altre proposte? – chiese Arianna.

Ma il Coro Arlecchino si era già innamorato dell'idea di Oliver.

– Io sarò il rosso!

– Io l'azzurro!

– Io il verde!

– Anche a me piaceva il rosso!

– Dovevi dirlo prima!

– Ma non si decidono adesso, i colori!

– Non sai quanti rossi ci sono al mondo, Silvia?

Un sogno

Micaela fece un sogno. Era strano, esaltante e angosciante insieme, come spesso sono i sogni.

Nel sogno, lei era grande, e aveva in braccio una bambina piccola, che era sempre lei. Però, nel sogno, lei era quella grande. Stavano sedute sulla carrozzella antica di una giostra che girava lentamente, e la Micaela piccola si dava delle spinte, oscillando avanti e indietro, come se volesse farla girare piú in fretta. Si agitava molto: oltre a dare quelle spinte tendeva le braccia e le mani, e si guardava intorno in continuazione.

C'era altra gente seduta sui veicoli della giostra: su una jeep verde e gialla stavano zia Luz e Paco, su un cavalluccio nero c'era la nonna, su un razzo tutto rosso la signora Ubaldi, e su una motoretta dipinta di fiamme c'era papà Vicente. C'era anche la maestra Alessandra, seduta su una bicicletta, e piú in là, seduta a un piccolo pianoforte a coda, c'era Licia.

Giravano tutti, lentamente, e Micaela si accorse che a farli girare non era un motore, ma Mercedes. Stava in piedi accanto alla giostra, e a mano a mano che i veicoli le passavano accanto dava delle spinte: era per quelle spinte che la giostra girava.

Quando Micaela grande le passava vicino, Micaela piccola si sporgeva pericolosamente per toccare Mercedes, che, invece di spingere la carrozzella, sfiorava la manina di Micaela piccola, e si chinava svelta a darle un bacio.

A causa di quei baci, e della spinta mancante, la giostra rallentava, e quelli seduti sui veicoli protestavano, sempre piú scontenti. Soltanto Vicente non protestava, ma chinava il busto sul manubrio della motocicletta, e muoveva frenetico la manopola dell'acceleratore, per farla correre di piú.

Ed ecco, all'improvviso, a lato della giostra ci fu una donna, e cominciò anche lei a dare spinte, ma molto piú energiche di quelle di Mercedes. Lei non dava baci alle mani di Micaela piccola, ma spingeva, spingeva, spingeva, senza interruzione, con grandissima energia.

La giostra accelerava, accelerava, sotto le spinte decise e robuste di quella donna.

Micaela piccola, eccitata dalla velocità, strillava e rideva, con i ricci neri che tremavano al vento. Ormai, Micaela grande e Micaela piccola passavano velocissime davanti a Mercedes, che non spingeva piú, ma le salutava e mandava loro dei baci con la mano.

A Micaela grande sembrava di conoscere la donna che spingeva forte, ma la velocità era tale che non poteva guardarla e riconoscerla con calma.

Non solo Micaela piccola, adesso, gridava. Tutti quelli sulla giostra, divertiti e spaventati dalla velocità, gridavano, si voltavano a guardarsi, si mettevano le mani fra i capelli, alzavano le braccia.

Poi, all'improvviso, la donna delle spinte forti saltò sulla piattaforma rotante con un salto da lince, e sedette su un'automobilina scoperta rossa, proprio davanti a loro. Allora Micaela grande poté riconoscerla, e vide che era Micaela Bastidas, che le sorrideva, e si sistemava attorno al collo una bellissima collana d'argento, che si era un po' scomposta durante le spinte.

La giostra, anche se nessuno piú la spingeva, continuava a girare veloce e, chissà come, anche Mercedes ci era saltata sopra, e sedeva accanto a Micaela Bastidas. Voltata all'indietro, salutava Micaela grande e Micaela piccola, e anche lei, come Micaela Bastidas, sorrideva.

Prossimamente a Ravenna

– Carissimi Arlecchini, ho una notizia importante, – annunciò Arianna. Dava sempre le notizie alla fine della prova, per non fare eccitare i bambini durante il canto, e per mostrare che la cosa piú importante era la musica. – Fra un mese andremo a Ravenna, a una rassegna di cori, – continuò.

Il Coro Arlecchino restò per un attimo in silenzio.

– Ma sappiamo solo sette canzoni, Arianna! – osservò Lara, preoccupata.

– Ne canteremo solo tre, infatti, – spiegò Arianna. – È una rassegna, non un concerto. Ci saranno almeno altri dieci cori. È un incontro serio, e molto ben organizzato da Andrea Baselli, un maestro che conosco, un clarinettista.

– Quando lo facciamo un concerto vero, Arianna? – intervenne Martina.

– Il primo concerto completo, con dodici canzoni, piú il bis, lo faremo in autunno, alla fine di ottobre, – rispose Arianna. – Ho già un'idea, anzi una proposta, su dove e quando, ma ve la voglio dire solo quando sarò sicura.

– Quali canzoni cantiamo, a Ravenna? – chiese Silvia.

– *El grileto*, la ninnananna, e la ballata di Micaela Bastidas.

– La ballata di che? – esclamò Cosimo, con una smorfia di buffo spavento.

– È una canzone delle Ande, che ho armonizzato da poco, – spiegò Arianna, sorridendo. – Parla di una donna che combatté tre secoli fa per la libertà del Perú. Non è difficile, ma è suggestiva, di buon effetto. È la prima canzone armonizzata appositamente per il Coro Arlecchino. Vi piacerà.

– Dài, faccela sentire, Arianna! Solo

l'aria! Dài! Suonala col violino! – chiesero in molti.

– Non ho lo spartito, ragazzi. Ve la rovinerei. La facciamo la prossima volta.

– Ma al conce... no, voglio dire, alla rassegna di Ravenna, c'è gente che ascolta?

– Certo, Oliver. Ma nelle rassegne il pubblico è composto in maggioranza da genitori e accompagnatori... Gente molto, molto, comprensiva...

– Ma non c'è una giuria, o cose cosí?

– Non è un concorso, ve l'ho detto: è una rassegna. Il mio amico la organizza tutti gli anni perché i cori si conoscano, si ascoltino cantare, si scambino esperienze, senza nessuna competizione. Solo per fare musica, insomma.

– Ci andiamo in pullman?

– Non so, forse sí.

– Io Ravenna la conosco, ci sono stata l'anno scorso, ci sono delle chiese bellissime.

– Cantiamo in una chiesa, Arianna?

– No, in un teatro.

– Scusate! Io...

– Anch'io sono stato a Ravenna, d'estate, era un caldo terribile, e certe zanzare, e poi siamo andati anche...

– Scusate, per favore!

– Bambini, silenzio! Che c'è, Licia?

– Volevo chiedere una cosa al Coro.

Il Coro si quietò di colpo.

Era divertente, emozionante, sentirsi nel Coro, essere il Coro, una parte del Coro. Essere se stessi, ma anche qualcosa di piú.

E adesso, cosa voleva chiedere Licia, con l'espressione di chi ha pensato una cosa molto, molto furba?

Qualche dubbio di Arianna

Forse aveva ragione Mercedes, quando diceva che i cinesi sono invisibili, ma almeno uno di loro, un giorno, si fece vedere.

Si chiamava Han Hue, aveva otto anni, ed era il secondo figlio di un appassionato di musica lirica, conoscente della signora Pinziani.

Chiese di entrare nel Coro a Cosimo, perché andavano a nuotare nella stessa piscina.

Cosimo, dopo aver sentito la richiesta, aprí la bocca per dire a Han Hue che sarebbe stato accolto volentieri, perché nel Coro mancava il giallo: ma si trattenne, ricordando che i discorsi sui colori della pelle erano molto delicati, e si dicevano sciocchezze anche quando non si voleva.

Cosí il Coro diventò di quindici persone, e poiché sembrava che il quindici fosse un numero sgradevole, tutti si diedero da fare per trovare un sedicesimo, che fu però una sedicesima. Si chiamava María, era spagnola e sapeva suonare la chitarra. Era l'unica nel Coro, fino a quel momento, a suonare uno strumento.

– Magari, un giorno, faremo un concerto per coro e chitarra, María, – disse Arianna durante una prova, un paio di settimane dopo che la ragazzina si era presentata.

– Per chitarra e flauto, magari... – aggiunse Lorenzo, che stava imparando a ricavare le prime note dal flauto che zia Marianna, la signora Pinziani, gli aveva regalato a Natale.

Si avvicinava l'estate, i bambini erano stanchi. Oltre la scuola e il Coro, molti avevano attività sportive, o artistiche.

Le canzoni in repertorio, ormai, erano otto, anche se Arianna insisteva soprattutto sulle tre da portare a Ravenna nell'ultima settimana di giugno.

La ballata di Micaela Bastidas, nonostante la stanchezza, stava venendo bene, come Arianna aveva previsto. Sarebbe stata un pezzo di grande effetto. Nessuno dei bambini, contrariamente ai coristi adulti che Arianna aveva talvolta diretto, aveva difficoltà con il testo in spagnolo, anche perché María, su richiesta della maestra, recitava ad alta voce il testo due volte all'inizio di ogni prova.

Han Hue aveva voce bellissima e intonazione perfetta. Forse, pensava Arianna, avrebbe potuto cantare una o due strofe come solista. Ma forse era ancora troppo presto. Qualcuno avrebbe potuto sopportare male che uno degli ultimi arrivati fosse scelto per una parte cosí importante.

Le corde del violino, o i tasti del pianoforte, non soffrono, gioiscono o sperano come i componenti di un coro, pensava Arianna, elaborando quei progetti e discutendo con se stessa su quelle possibilità.

Dieci anni

La maestra Alessandra, oltre a fornire la data del compleanno di Micaela, si era mostrata molto contenta dell'idea di Licia.

Micaela, da qualche tempo, la preoccupava. Era sempre stata una bambina appartata, fin da quando era arrivata in seconda, ma negli scritti era aperta e spontanea, spesso sorprendente per freschezza e forza d'espressione.

La maestra sapeva molte cose su Micaela, perché Mercedes le aveva parlato della sua vita a Lima, e di quella recente, e Alessandra sapeva che Mercedes era una buona madre. Durante gli ultimi due mesi, però, negli scritti di Micaela era entrata un'amarezza nuova e pesante, una tristezza pericolosa.

Alessandra aveva tentato, in seconda e in terza, in molti modi, di allargare i rapporti della bambina con i compagni, ma aveva finito per rispettare la sua resistenza. Aveva capito che Micaela aveva dentro un mondo ricco ma delicato, e che la sua solitudine e timidezza erano un modo di proteggerlo, non rovinarlo, o modificarlo troppo.

Anche i compagni di Micaela avevano avvertito la cosa: la bambina era accettata in modo silenzioso dagli altri, e anche benvoluta.

L'idea di Licia, alla maestra, non era sembrata troppo aggressiva, o invadente. Aveva notato che, fra i compagni, Licia era quella che piaceva di piú a Micaela, anche se, per il carattere della piccola peruviana, la simpatia non si era trasformata mai in amicizia.

– Faremo in modo che sia anche la festa finale della classe, cosí Micaela non si sentirà troppo in primo piano, – disse.

Con una divertente dose di segretezza, era stata preparata la festa a sorpresa per il compleanno di Micaela, che cadeva tre giorni prima della fine della scuola.

Micaela compiva dieci anni. Era in ritardo rispetto a quasi tutti i compagni, perché era arrivata in Italia a inverno avanzato, ormai troppo tardi per entrare in seconda, e aveva dovuto aspettare il seguente anno scolastico.

La mattina del 4 giugno, quando arrivò a scuola accompagnata da Mercedes, tutti gli occhi di quelli della terza B e dei loro genitori erano su di lei, ma senza farsene accorgere.

Dopo che la bambina fu entrata nell'atrio, Alessandra scese rapida la scaletta, trattenne Mercedes e le disse qualcosa.

La mamma di Micaela, ascoltando, diventò rossa, le labbra si strinsero, e sembrò che stesse per piangere. Invece sorrise, scosse la testa, strinse il braccio della maestra, e alzandosi in punta di piedi, date le loro diverse stature, la baciò sulla guancia, e scappò.

Micaela, che non aveva visto niente, era già fuori dalla classe dove, per qualche strano motivo, quella mattina non si poteva entrare prima dell'arrivo della maestra.

Per la verità, se avesse guardato meglio, Micaela si sarebbe accorta che attorno a lei mancava qualcuno dei compagni, ma non ci badò, e nemmeno si preoccupò di sapere la ragione dell'attesa.

Arrivò Alessandra, un po' rossa in faccia, come se l'emozione di Mercedes, quando l'aveva baciata, fosse entrata in lei.

– Bene, entriamo, – disse, e aprí la porta.

Micaela, bambina esperta in file, e pronta ad aspettare il suo turno per entrare, si trovò stranamente la strada sgombra davanti.

Arrivò alla porta, ed entrò.

L'aula era tutta ornata: strisce colorate attraversavano lo spazio, pendevano dalle finestre e dalle pareti. C'erano due mazzi di fiori sul suo banco. Ma, soprattutto, c'era l'intero Coro Arlecchino schierato al posto della cattedra, che era stata spostata sotto la carta geografica, oltre la lavagna.

– Buon compleanno, Micaela, – disse la maestra, e si chinò a baciarla, mentre la classe applaudiva.

Poi, come per aiutarla, Alessandra accompagnò la bambina, un po' stordita, al suo banco e la invitò a sedersi, mentre i compagni, silenziosamente, si sistemavano ai loro posti.

Micaela si trovò davanti al Coro Arlecchino, vestito di tanti colori. Licia, a destra, era tutta arancione, mentre Cosimo, a sinistra, era viola chiaro.

Poi, il silenzio bisbigliato si trasformò in silenzio vero, e dalla porta entrò Arianna, che Micaela aveva già visto molte volte fuori dalla scuola, e che in terza era venuta in classe a suonare il violino per loro.

Arianna sorrise, chinando la testa verso di lei, si voltò verso il Coro, alzò le mani, fece una mossa con le braccia, e il Coro cantò.

Tú naciste entre los Andes
mas tu padre era africano
era hombre oscuro y grande
y de origen muy lejano.

Mezzo coro

Il Coro Arlecchino, con Micaela, era arrivato a diciassette componenti. Abbastanza per cantare in una rassegna, o partecipare a qualche piccolo concorso, ma non ai concorsi maggiori.

L'idea di Arianna e dei bambini era arrivare almeno a ventisei coristi, possibilmente trenta.

– Siamo quasi a metà! – disse Cosimo alla prima prova dopo l'ingresso di Micaela.

Arianna aveva dato posto alla peruviana proprio accanto a lui, perché aveva una voce di tono basso.

Dopo la festa di compleanno, e la ballata di Micaela Bastidas, Licia aveva proposto di nuovo a Micaela di entrare nel Coro, e Micaela, molto felice, aveva risposto di sí, se la mamma l'avesse permesso.

«Certo che lo permette, Micaela, – aveva detto la maestra. – Me l'ha assicurato un quarto d'ora fa».

Cosí, adesso erano in diciassette: più della metà, come diceva Cosimo.

– Non abbiamo nessuna fretta, – osservò Arianna. – Quelli nuovi impareranno meglio, e prima, se voi diventate sicuri.

– I frutti maturano dal centro! – disse Marianna Pinziani, che non mancava una prova.

Nei giorni precedenti aveva rassicurato Micaela.

«Hai una voce bella, calda e sicura, – le aveva detto durante un paio di prove individuali. – Assomiglia a quella di mia sorella Veronica, che era piú brava di me, quando eravamo piccole, e nostra zia ci faceva cantare. Sarebbe stata un contralto perfetto, ma non volle fare la cantante...»

«Cosa fece, tua sorella?»
«L'avvocato».
«Si dice "avvocato" o "avvocatessa" a una donna?»
«Si può dire in tutti e due i modi, Micaela... Lei però voleva essere chiamata "avvocato". Se qualcuno la chiamava "avvocatessa" faceva una smorfia, e rispondeva: "Ma non gallina lessa!".»
«Perché "voleva"?»
«Perché Veronica non c'è piú, cara. Se n'è andata tre anni fa».
«Magari, adesso lassú canta...»
Ora Micaela parlava molto piú di prima, non solo con i compagni, al Coro e a scuola, ma anche con i grandi.
Mercedes era molto contenta delle novità. Il Coro Arlecchino aveva registrato la ballata di Micaela Bastidas, e Mercedes aveva mandato il CD a Lima, a Luz, Paco e i tre cugini, con una lunga lettera in cui raccontava la faccenda.
Alla rassegna di Ravenna, il Coro Arlecchino fece una grande impressione, non soltanto per i suoi colori.

– Hai messo insieme una bellissima cosa, Arianna, – disse alla collega Andrea Baselli, l'organizzatore. – Continuate cosí, e avrete un sacco di soddisfazioni.
– Molte le abbiamo già, – rispose lei, sorridendo. – C'è una bella atmosfera, nel Coro Arlecchino. Molti sapori freschi, molte allegrie diverse...
– La ballata peruviana è splendida. La farò cantare ai miei, se non ti spiace.
– Grazie, Andrea. Sarà un piacere sentirla cantata da voi.
Mentre i due maestri si facevano i complimenti, in una sala dietro il palco del teatro di Ravenna, i ragazzi del Coro si sfamavano allegri, saccheggiando un tavolo di rinfreschi ancora piú abbondante di quello di Marianna Pinziani.
– Mi piacciono un mondo, queste rassegne! – borbottò Cosimo, con la bocca piena, spargendo una nuvola di briciole tutto attorno.
Licia, Micaela e Marianna, che brin-

davano con l'aranciata lí vicino, non resistettero alla scena. Piccoli spruzzi dorati si sparsero in aria, al suono delle risate.

Indice

Il canto di Micaela

Finito di stampare nel mese di febbraio 2011
per conto delle Edizioni EL
presso LEGO S.p.A., Vicenza